文言尺牘入門

譚正璧 著

商務印書館

本書經由北京出版集團有限公司授權出版

文言尺牘入門

編　著　譚正壁
責任編輯　鄒淑樺
封面設計　涂　慧
出　版　商務印書館（香港）有限公司
香港筲箕灣耀興道 3 號東滙廣場 8 樓
http://www.commercialpress.com.hk
發　行　香港聯合書刊物流有限公司
香港新界荃灣德士古道 220-248 號荃灣工業中心 16 樓
印　刷　中華商務彩色印刷有限公司
香港新界大埔汀麗路 36 號中華商務印刷大廈
版　次　2024 年 5 月第 1 版第 6 次印刷

ISBN 978 962 07 0489 5

略談古代書信的格式

劉葉秋

一

現在大家把「書信」當作一個複合詞來用，而古代「書」和「信」是有區別的，「書」指信件；「信」指使者，即傳達信件之人。漢樂府《古詩為焦仲卿妻作》劉蘭芝請母親謝絕縣令派來的媒人：「自可斷來信，徐徐更謂之。」來信，就是來說媒的使者。《三國志・魏書・武帝紀》建安十六年：「（馬）超等屯渭南，遣信求割河以西請和，公不許。」這裏的「信」，亦指使者。「信」的這一意義，常見於漢魏六朝的文獻，不能誤解為後起義的「書信」。但在《晉書・陸機傳》內，「書」和「信」已經結合成詞，唐人詩亦多見「書信」，而且有了單單以「信」指函札信件的用法。如王昌齡《寄穆侍御出幽州》：「莫道薊門書信少，雁飛猶得到衡陽」；賈島《寄韓潮州愈》：「隔嶺篇章來華嶽，出關書信過瀧流」；元稹《酬樂天歎窮愁見寄》：「老去心情隨日減，遠來書信隔年聞」，俱以「書信」連言。如果認為此三詩中之「信」仍指送「書」之人，那麼下面這首詩裏的「信」卻無須置疑其為「書」的同義語。元稹《書樂天紙》：「金鑾殿裏書殘紙，乞與荊州元判司。不忍拈將等閒用，半封京信半題詩。」京信加封，顯然指物，意思非常明確。可見「信」的函札之義雖係後起，並不很晚。而以「書」指信件的古義，一直沿用至今。寫「惠書奉悉」，作為「收到來信」的文言，是常見的。

《昭明文選》分「上書」與「書」為兩類。「上書」如秦李斯的《上秦始皇書》（即《諫逐客書》）、漢鄒陽的《上書吳王》、枚叔（乘）的《奏書諫吳王濞》等等，為向帝王陳述意見的文字，俱以「臣聞」開頭，屬於奏議的一種。「書」如漢司馬子長（遷）的《報任少卿書》、楊子幼（惲）的《報孫會宗書》、三國魏嵇叔夜（康）的《與山巨源絕交書》、梁丘希范（遲）的《與陳伯之書》等等，為私人往來的函札，即今天所說的「書信」。

古時與「書」相近的文體，還有「啟」和「牋」（字亦作「箋」），均為奏記一類，略同「上書」和「表」。但不限於對君，亦行於上官尊長及朋友之間。《文心雕龍・奏啟》云：「高宗云：『啟乃心，沃朕心』，取其義也。孝景諱啟，故兩漢無稱。至魏國箋記，始云啟聞，奏事之末，或謹密啟。自晉來盛啟，用兼表奏。陳政言事，既奏之異條；讓爵謝恩，亦表之別幹。」這段話把「啟」的取義和作用說得很清楚。因為漢景帝名劉啟，所以兩漢避諱，不用「啟」稱，魏晉時才盛行。如梁任彥升（昉）的《為卞彬謝修卞忠貞墓啟》，開頭稱「臣彬啟」，對君謝恩；《上蕭太傅固辭奪禮啟》，開頭稱「昉啟」，對上辭官；可見「啟」的一般用處。「昉啟」之「啟」為陳述的意思。《晉書・山濤傳》謂「濤所奏甄拔人物，各為題目，時稱『山公啟事』」。啟事，也就是「啟」。唐韓愈亦有《為分司郎官上鄭尚書相公啟》、《為河南令上留守鄭相公啟》，沿用此體，以示恭敬，實際與「書」的敘事議論並無明顯的差異。故後世多以「書啟」連言，不再區分。

「牋」在魏晉南北朝，主要為臣下對後妃及太子諸王陳述之用。如三國魏楊德祖（修）的《答臨淄侯牋》、陳孔璋（琳）的《答東阿王牋》、晉阮嗣宗（籍）的《為鄭沖勸晉王牋》、南齊謝玄暉（朓）的《拜中軍記室辭隋王牋》等，除開頭結尾稱「死罪，死罪」外，措辭與「書」「啟」也沒有甚麼不同。名稱體制之繁瑣，主要是封建等級觀念所造成。

至於「札」、「牘」、「簡」、「帖」之稱，最初是各因書寫工具而名的。寫在木版上的稱「札」、「牘」，寫在竹片上的稱「簡」，寫在布帛上的稱「帖」，所以書信又叫「書札」、「手札」、「尺牘」、「簡牘」、「手簡」等等。稱「帖」的如晉王羲之的《快雪時晴帖》、陸機的《平復帖》等，都是書信，後人以「帖」名之，蓋兼重其書法。此外因為書信須裝入封套，故亦稱「函」或「函札」；因為須加緘封，故亦稱「緘札」；因為信紙每頁八行，自南北朝以來「八行書」即成為書信的通稱。名以時異或由指稱時各有側重而不同，實際還是一回事情。

二

書信重在實用，以陳述為主，而論事、抒情、寫景等等，無所不宜。作為一種獨立的文體，有悠久的傳統。《文心雕龍・書記》中說：「詳總書體，本在盡言。言以散鬱陶，託風采，故宜條暢以任氣，優柔以懌懷，文明從容，亦心聲之獻酬也。」可見寫信貴在敞開懷抱，盡所欲言。古代許多流傳眾口的名篇，如上節提到的司馬遷《報任少卿書》、嵇康的《與山巨源絕交書》，直抒己見，發洩憤悒之情，全都酣暢淋漓，毫無掩飾，不愧為顯示「心聲」之作，有很高的文學價值和史料價值，成為寶貴的文化遺產中的一個重要部分。

書信在長期寫作的過程中，逐漸形成了一套約定俗成的格式。像上下款的稱呼，因人而異；開頭結尾的致敬祝頌之辭，有許多慣用語；抬頭、空格等等，也有通行的行款；為閱讀古代的書札和今人所寫的文言信件所應該了解，這裏略談相關的常識，以見一斑。

書信大致可以分為給長輩的（父母、師長、上司等等）、給平輩的（兄弟、朋友、同學、同事等等）、給晚輩的（子姪、學生等等）三種。上款寫受信人，下款寫作書人，中間敍正文，三種書信均同，為明清以來常見的格式。但漢魏六朝的書札，卻都先寫自己的姓名，後列受書人。《報任少卿書》的開頭「太史公牛馬走司馬遷再拜言少卿足下」，就是這樣。太史公，官名；牛馬走，為司馬遷自謙之語；再拜，表示行禮；足下，為對任少卿的敬詞。下面的「曩者辱賜書，教以順於接物，推賢進士為務」這一段話，接着任少卿來信的話頭，引起下文；末尾只說「書不能悉意，略陳固陋，謹再拜」，不再署名。三國魏文帝（曹丕）的《與朝歌令吳質書》，開頭寫「五月十八日丕白，季重（吳質字）無恙」，末尾寫「行矣自愛，丕白」；自己署名，前後兩見。「白」，是述說的意思。南朝梁丘希范（遲）的《與陳伯之書》，開頭寫「遲頓首陳將軍足下，無恙，幸甚，幸甚」，末尾複書「丘遲頓首」，頓首，示敬，亦前後兩見。「無恙」，為正文前問候的通用語。這種先署己名的格式，直到近代仍有人沿用，不過不像先寫受信人上款的那樣普遍；而對人稱字（後來亦稱人的別號）不呼名以及在書信的首尾致敬問候的傳統，至今還在延續，不過因時世不同、用語有異而已。

給長輩寫信，上款當然不具名，舊時在稱呼之下要加「大人」，後面還得有敬詞和領起正文的慣用語，如對父親，一般上款都寫「父親大人膝下，敬稟者」，末尾寫「敬請福安」和「男某某叩稟」的下款。「膝下」之稱，專用於父母；「稟」泛指下對上陳述事情，領起正文的「敬稟者」，亦可用於老師和其他尊長。

從前向長輩言事，要措辭恭敬，書信行文，相應地有許多講究。以對老師說，上款「大人」下的敬詞，多用「座下」、「座右」、「座前」、「尊前」、「道席」、「函丈」（函，為「容」義；函丈，指師生相對，中間有容一丈之地，以便於講問指點）等等。正文之前，以「敬惟」（惟，亦可寫作「維」、「唯」，為「思」「想」之義。「敬惟」就是「敬想」，有表示希望的意思）或「恭惟」領頭，致意問候。如：「老師大人函丈，敬稟者：違侍經年，時切　高山仰止之思，敬惟　道履康強，凡百順適為慰！」下面接寫正文，敘述事情，就是一種常見的格式。老師為傳道授業之人，故稱「道履」（「履」指起居行止，實際是說身體）；弟子要侍奉老師，所以沒見老師的面說「違侍」或「失侍」；「高山仰止」，亦多以表示想念老師。書信用語之須切合雙方的關係和身份，於此可見。又舊時致書上司或做官的尊長，多於上款的「大人」之下寫「鈞鑒」或「鈞座」，末尾寫「敬請鈞安」。信中於對方的意見，稱為「鈞旨」，信封上寫「某某人鈞啟」。古以鈞陶喻國政，故後來對仕宦的稱呼多冠「鈞」字，逐漸成為官場的俗套。

作為書信整體結構的一部分，常在敍事完結之後，加上「不具」、「不備」、「不一一」等等，謙稱書意簡略，不能事事詳陳，跟着再用「肅此」、「專此」等，以兩個字總括一下，然後寫請安祝頌的話和下款。如上面所舉致老師的信之例，正文末可接「肅此，敬請福安（或「道安」），受業（或「門生」、「門人」）某某謹稟」。「肅此」為「恭敬地寫了此信」之意，說明敍事已畢。如果下款不用「謹稟」字樣，也可以寫「肅拜」、「再拜」、「載拜」（「載」通「再」）、「頓首」、「叩首」等等，表示恭敬。至於「座下」、「座右」、「座前」、「尊前」等詞，對一般尊長都可使用，惟「函丈」僅限於稱老師。

三

朋友之間通信，或稱仁兄，或稱先生，視關係親疏而定。稱呼下面的敬詞，一般用「閣下」、「執事」、「左右」等等。其他如對文士用「史席」、「撰席」；對將帥用「麾下」或「節下」；對持節的使者或掌節鉞的封疆大吏如總督、巡撫亦用「節下」；對做御史的用「台下」；各有特殊含義，但都是表示自謙，不敢直指其人的意思。「足下」，在戰國時多以稱君主，後來成為書札中的普通敬詞，習慣用於比較親近或年輕的朋友。如果上款不寫「閣下」「足下」之類的敬詞，即於稱呼之下加「大鑒」「惠鑒」「賜鑒」「青鑒」等語，作為開頭。「大」是尊稱；「惠鑒」、「賜鑒」，是說惠予閱覽此信；「青」謂青眼，指垂青賜閱；都是客氣話。至於末尾的祝頌問候之語，常用的是「安」、「祺」、「祉」、「綏」（「安」、「綏」，平安；「祉」、「祺」，吉祥、福氣）等詞。如對文人學者說「敬請文安」，或「道安」、「撰安」、「敬頌文祺」或「教祺」；對大官顯宦說「肅頌勛祺」或「勛祉」（上款下寫「勛鑒」）；對軍隊長官說「敬頌戎綏」；對患病之人說「敬請痊安」；對客居之人說「敬請旅安」；對穿孝之人說「敬請禮安」；俱不能亂用。「肅頌」的「肅」，表恭敬；「順頌」的「順」，是順便。說話分寸，也有區別。其他如「敬請大安」或「近安」；「敬頌時綏」或「刻祉」；「順頌康吉」「敬候起居健吉」「順祝行止佳勝」等等，一般通用。由於古人以三台星比三公，所以尊稱別人多加「台」字。

如以「台端」稱對方，以「敬請台安」加於信尾，以「某某先生台啟」寫信封，即為舊時書札所慣用。「敬頌公祺」或「公綏」也常見於給公職人員的函件中。上下款都寫在信末的，多為給熟人的便函。有時信已寫完，於紙尾又敍他事，即書「又及」，一般不再署名。

下款署名之下有的寫「某啟」、「拜啟」、「謹啟」、「手啟」、「敬啟」、「手具」、「拜具」、「某白」、「白疏」等等。「啟」、「具」、「白」、「疏」，為述説、條陳之意。有的寫「叩泐」、「拜泐」、「手泐」等等。「泐」，原指雕刻，引申為書寫，「手泐」就是「手寫」。但「泐」字之前不加「叩」「拜」等表敬禮之詞者，一般僅用於長輩對晚輩。如父與子書，下款常常只寫「父泐」。不用「啟」「白」等詞，在下款署名後以「頓首」、「再拜」（或「載拜」）、「百拜」、「肅拜」、「叩首」等詞表示敬禮者，在平輩通信中也很常見。若正居父母之喪，則下款稱「制」，不寫「頓首」，而用「稽顙」。如清何義門（焯）與友人書，下款即有寫「制同學弟焯稽顙」的。清人書札，「頓首」多作草體，好像「十五」兩字連寫，而將中間一橫向下拉長，有如簽押一樣。

舊時寫信，因所談之事，不願人知，或其他緣故，不署下款，常作「名心肅」、「名心具」，受信人見筆跡即知其為誰，心照不宣。也有寫「名單具」、「名箋肅」、「名另肅」、「名正肅」、「名另泐」者，則係於此信之外另名附帖（即名片），或另有署名之正函。也有的信件，在末尾書「兩隱」或「兩渾」，即上下款都略去的意思。其注「閱後付丙」的，是希望看完焚去，免為人見。在天干中「丙」屬火，故以「丙」為火的代稱。

給子姪寫信，比較隨便，往往於開頭直呼其名，書「某兒見字」，末尾問好與否，也不一定。若致函後進或世交晚輩，則與一般朋友通信無大區別。

四

寫信也和一切創作一樣，優劣關乎修養。長於文學的人，於此往往信手拈來，不拘一格，多所變通。這裏舉清乾隆間查聲山（昇）給老師的信和袁子才（枚）給吳子修（修）的信各一件（原文手跡，俱見吳修輯刻的《昭代名人尺牘》），説明一下舊時寫信的行款。

查昇謹稟

老師台下：昇自歸里以後，

冰兢自守，凜戒循牆，冀告無罪於鄉黨。

但雙親老年多病，甘旨缺如，四壁蕭然，

號寒啼餓，真有不堪告語者，不得已仍作

出遊之想。倘來月望前吾

師尚未出門，定當摳侍

函丈，敬承

訓示也。馬公極推
台愛，卞公尚未謀面。日內有
便函往來，望
賜栽培，感切，感切！
太老師前並候
萬安，臨稟不勝依戀之至！

門昇載拜

袁枚頓首
子修世兄足下：四月中家人從杭州歸，接手書知安好為慰！
僕病中作明後年重宴瓊林鹿鳴詩各十章豫交。年壽，蒼蒼者
未必慨然與之。然詩存集上，則願了胸中，持寄一冊求
和而寄我，必當青出於藍也。特此拜懇，並詢起居，不備。

五月二十日

查昇的信，開頭結尾兩處署名，前寫「謹稟」，後書「載拜」，略如漢魏之制。其中的「抬

頭」（指另起行，高出正文），於「老師」「師」「太老師」等對人的稱呼，比正文高兩字；「函丈」「訓示」「台愛」「賜」等敬詞，比正文高一字，皆所以表示謙恭而有等差。其以空格示敬者，作用與「抬頭」大同小異。吳修是袁枚的世交晚輩，袁枚給他寫信，無須像查昇對老師那樣尊敬，但袁函稱吳為「子修世兄」，於「手書」「和」等詞，雖未高出正文，也全抬頭另起，首寫「袁枚頓首」，末尾問候起居，仍然具備應有的禮貌。

這篇小文概述書信的體制和用語，意在為青年讀者提供一些常識，以便於閱讀；並非欣賞舊時的繁文縟節，倡導摹仿。可是從前書信的文明禮貌的傳統，似乎還應該繼承下來，據說某大學生給家長寫信要錢，竟有「限某日以前寄若干元來」的話，好像最後通牒的口吻。這可能屬於笑談，並非事實。但寫信不講辭令，說話沒有分寸的，卻屢見不鮮。去年一位讀者來函，提出幾個讀史的問題說：「我相信你會認真負責地解答。」話固直率，而語氣不免欠妥。至於信封上只寫個「某某人收」，名字以下沒有「先生」「同志」等任何稱呼的信件，也經常從報刊、出版社、學校等文化單位寄來，看了總覺得有些不習慣。加上個稱呼，以表示尊重別人和自己，應該不算多餘吧？

附：名家尺牘示範

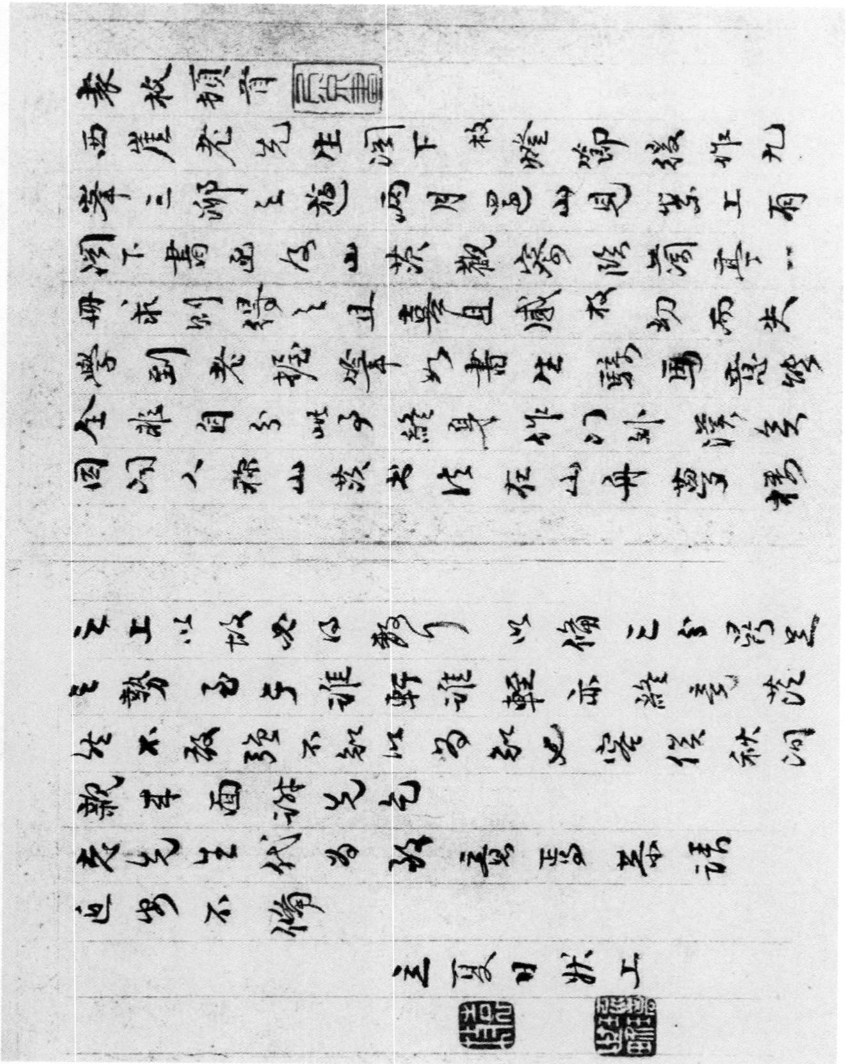

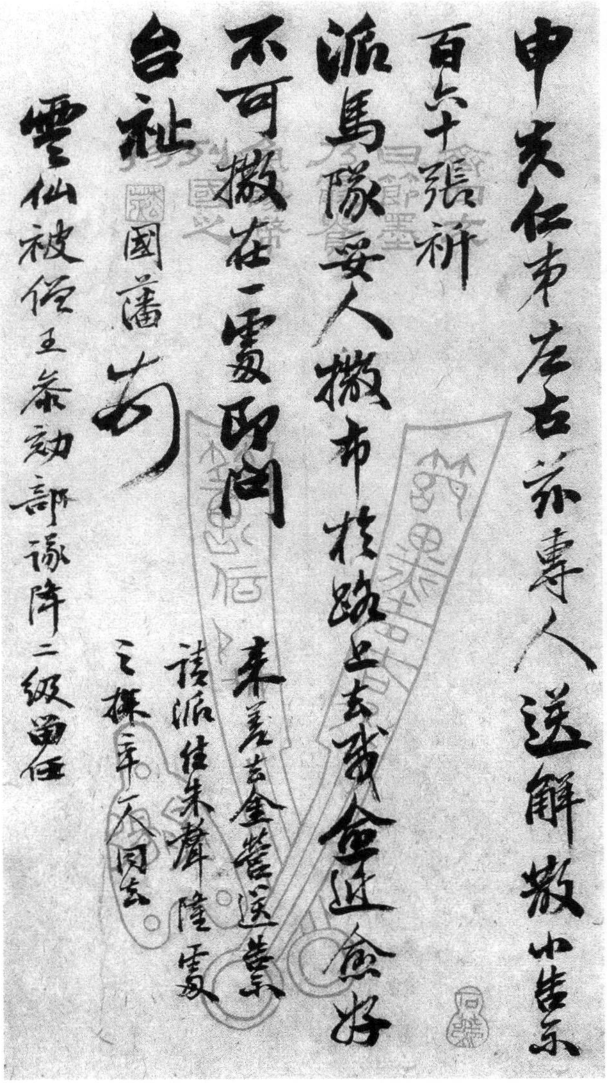
申夫仁弟左右：古蘇專人送解散小告示
百六十張，祈
派馬隊妥人撒布於路上，去城愈近愈好，
不可撒在一處。即問
台祉
國藩 首
來差去金營送稟，
請派往朱聲隆處
之標弁一人同去
雲仙被僧王參劾，部議降二級留任

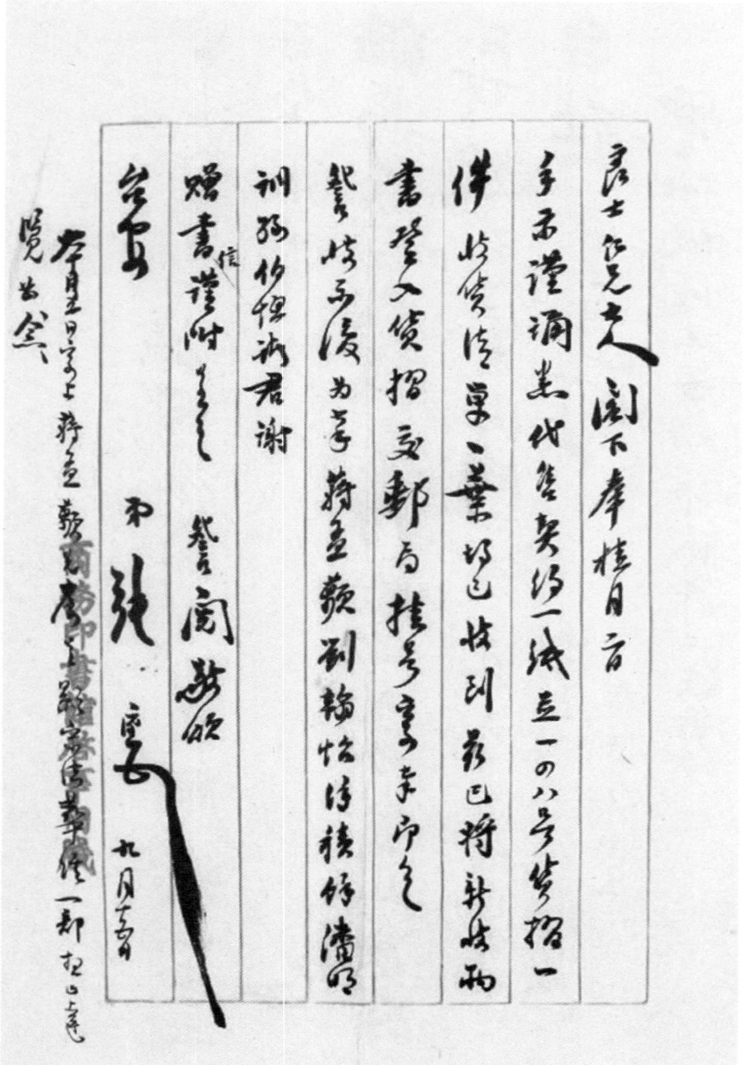

[illegible]士先生閣下 奉[illegible]日言
手示謹誦悉 代售契約一紙 並一〇八號[illegible]一
併收[illegible]單一葉 均已收到 前已將新收兩
書登入[illegible] [illegible]郵局[illegible][illegible][illegible]
鑒 收到後為弟 蔣孟蘋 劉翰怡 徐積餘 [illegible]
訓孫 [illegible][illegible]君謝
贈書(信)謹附[illegible][illegible] 鑒閱 [illegible]
台安 弟 張元濟 頓首 九月十五日

本月五日寄上 蔣孟蘋 商務印書館 [illegible] 一部 [illegible]
覽 [illegible] 念

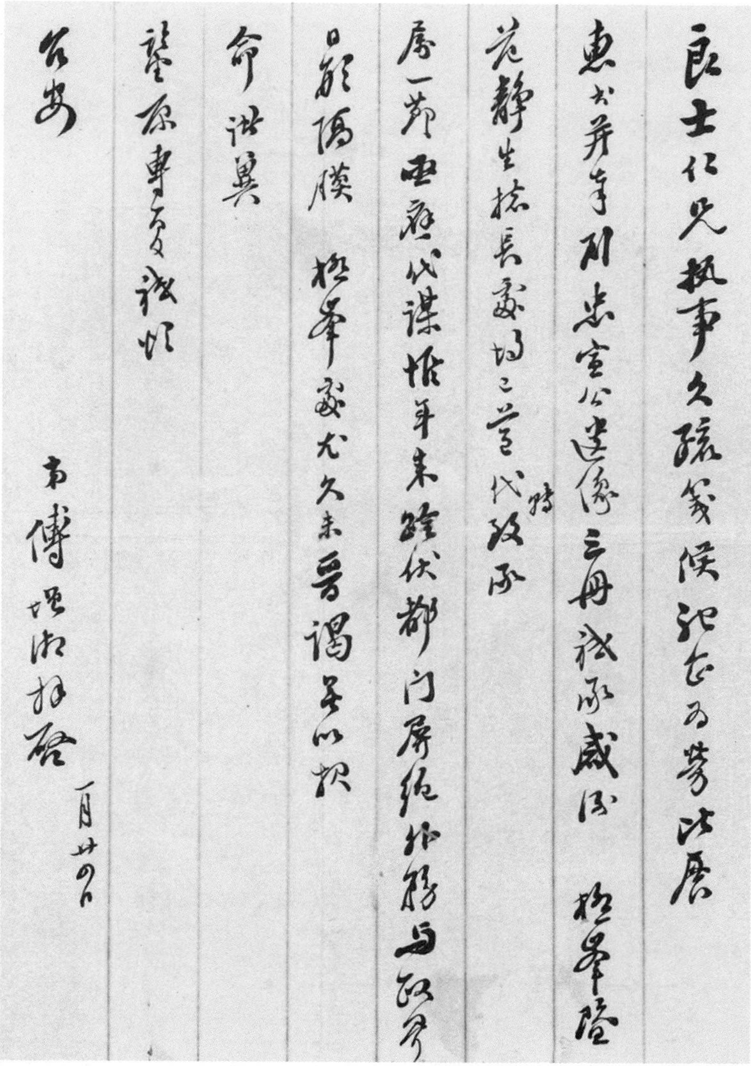

良士仁兄執事：久疏箋候，比想起居多勝。惠書並寄刊忠宣公遺像三冊，拜承盛情，極荷隆施。靜生赴長安謀事之意，特代致。承屬一節，亟應代謀，惟年來蟄伏都門，屏絕外務，與政界日形隔膜，極為愧歉，尤久未晉謁，無以報命，歉甚。望原諒，專此敬頌台安。

弟傅增湘拜啟　一月廿四日

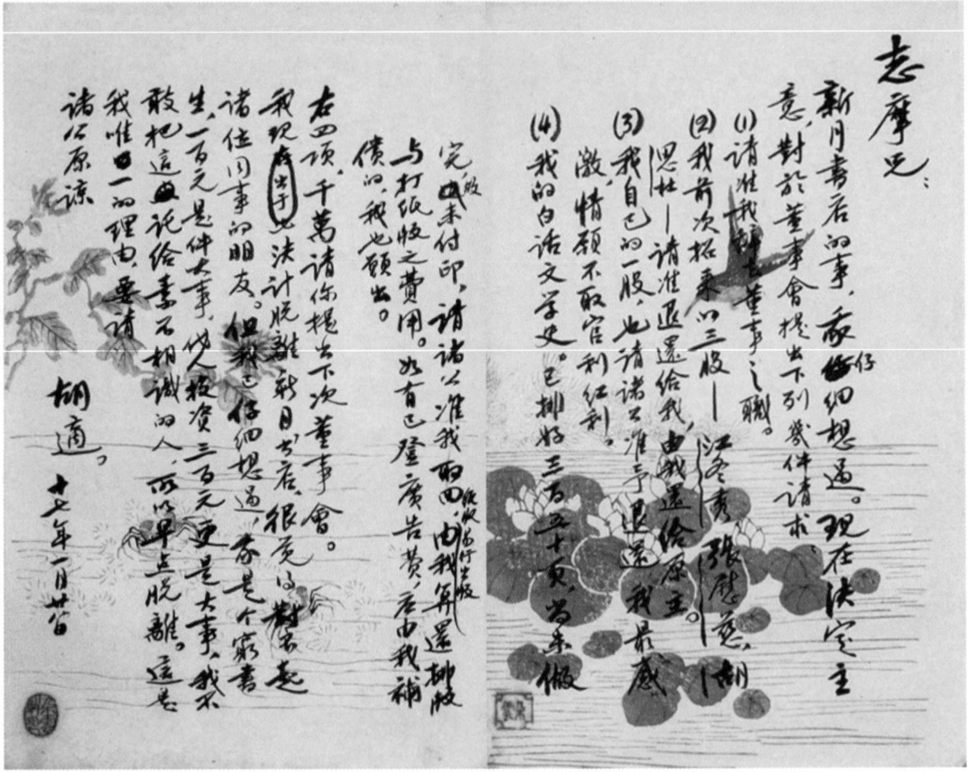

志摩兄：

新月書店的事，我仔細想過。現在決定主意，對於董事會提出下列幾件請求：

(1)請准我辭去董事之職。

(2)我前次招來的三股——江冬秀、張慰慈、胡思杜——請准退還給我，由我還給原主。

(3)我自己的一股，也請諸公准予退還。我最感激，情願不取官利紅利。

(4)我的白話文學史，已排好三百五十頁，尚未做完，故未付印。請諸公准我收回（依版稅為自行出版），由我算還排版與打紙版之費用。如有已登廣告費，應由我補償的，我也願出。

右四項，千萬請你提出下次董事會。

我現在（出于）決計脫離新月書店，很覺得對不起諸位同事的朋友。但我已仔細想過，我是個窮書生，一百元是件大事，他人投資三百元更是大事。我不敢把這錢託給素不相識的人，所以早點脫離。這是我唯一的理由，要請諸公原諒。

胡適。

十七年一月廿日

目錄

例言

一、本書為進習文言尺牘而設，故曰文言尺牘入門。

二、本書取材，以實用平淺為主；即習俗不可少之套語，亦仍酌量引用；務使雅俗共賞，誦閱兩便。

三、每篇尺牘後，均附簡註；並列語譯一篇。俾學者對照參詳，有無師自通之樂。

四、本書按照各篇性質，分為四類：

1. 請求類　凡有所請託，有所懇求，有所要約一類之尺牘屬之。
2. 陳敍類　凡陳述意見、敍述事跡一類之尺牘屬之；勸告亦陳述意見也故附之。
3. 人事類　凡人事所用或述及人事一類之尺牘屬之；凡致謝之涉於人事者，則之。
4. 交際類　凡問候、慶賀、唁慰、餽贈一類用於交際之尺牘屬之。

五、書後附有稱謂、套語兩錄，學者可依照書中所用，類推而應用之。

第一編　請求類

託帶家書

某某先生閣下：自
大駕錦旋，晉謁數次，未及一晤，殊為悵悵！頃晤　令親
某君，述及
尊寓現遷滬濱，與家兄住所，僅一河之隔；『綠楊分作兩家春』，此語適堪持贈
矣。並悉不日即將回　寓，茲奉上致家兄一函，乞　便飭交舍姪轉呈。瀆　神之處，
容後泥謝。肅此，敬請
裝安。

弟　某某拜懇　月　日

【註釋】

錦旋：取古人衣錦還鄉之意。

晉謁：拜見之意。晉，進也。

泥謝：謂頭拜到地，猶云泥首拜謝。

【前函語譯】

某某先生：

自從你回故里，我曾拜訪過數次，沒有會晤到你，心裏很是不快。剛才會見令親某君，說及你的寓所，現已搬到上海；同家兄的住處，只有一河的隔離；照這樣看來，那末『綠楊分作兩家春』的詩句，正可以奉贈你們了。並知你不日就要回寓，茲有給家兄的一封信，請你順便飭交舍姪轉交家兄。費神之處，只好以後謝你了。

弟　某某　月　日

託帶包裹

某某先生執事：昨詣

尊齋，暢談竟夕，析疑辨難，獲益良多。惜愴帷不能久駐，思之轉覺黯然耳。

家叔從商鄂垣，業已有年。茲乘

先生到省之便，乞帶包裹一件，信一封，飭價轉交，不勝感感。有瀆　清神，

容當泥首，手此，即請

行安。

弟　某某拜于　月　日

【註釋】

詣：至也。

析疑辨難：解析疑義，辨論難題也。

幨帷：車帷也。如言達官來臨日幨帷暫駐。指其車騎而言。

鄂垣：稱湖北省城。

【前函語譯】

某某先生：

昨天到你書齋裏，暢談了一夜，我所有的疑義，都給你辨析得很是清楚，使我得益不少。但一想到大駕不能久留，心中轉覺難過了。家叔在湖北做生意，已有幾年。現在趁你到省之便，託帶包裹一個，信一封，請你叫用人轉交給他。費了你的心，容我日後謝你。

弟 某某 月 日

託辦槍械

某某先生大鑒：久擬走謁
台端，暢領
教益，祇以公務蝟集，有願難償。殊深歉仄！啟者：敝地保衛團所備槍械，均係
舊式，倘有風險，頗不適用。曾託某君向某廠另購，嗣以價值過昂，交貨又遲，
致成畫餅。因思
先生製作有年，對於某國器械，又夙有研究；用特不揣冒昧，乞代　辦快槍若干
支，子彈若干發，從速運交敝縣，以備不虞。該價若干，見　示當即匯上。專函
布懇，不盡欲言，並請
台安不一。

弟　某某手泐　月　日

【註釋】

蝟集：言事多如蝟毛之集合也。蝟，獸類。

畫餅：言事之不成也。

【前函語譯】

某某先生：

好久想到你處來談談，為了公務忙碌，所以不能夠如願。很是抱歉！現在有一樁事情要懇託你：敝地保衛團所設備的槍械，式舊很不合用。前已託某人向某某廠購辦，因為價值太大，交貨又遲，所以未成事實。因此想起你對於製造一門，是很有經驗的，且對於某國器械，又很有研究；所以不顧冒失，要請你代買快槍若干枝，子彈若干發，趕速寄給敝地當局，以備意外之用。價銀若干元，見示當立刻匯上。專誠拜託，餘話不談。

弟　某某　月　日

託聘教員

某某先生賜鑒：一別
光儀，瞬經數月。每觀雲樹，能不依依。近維
起居佳勝，動定咸宜，為頌無量！某濫竽學界，乏善可陳。邇因敝校同人有赴東
考察者，遂缺一國文教員。任此者程度雖不必過高，但教管各方，須兼籌而並顧。
先生桃李滿門，不乏品優學粹之人物，意中如有可介紹者，不勝歡迎。月薪未
能從豐，約在若干元左右，並以附　聞。肅此布懇，順頌
講安。

弟　某某鞠躬　月　日

【註釋】

儀：容儀也。

瞬：一轉眼之謂。

雲樹：即春樹暮雲之説。古詩：『渭北春天樹，江東日暮雲。』言見了雲樹即思念親友之意。

依依：不忍舍之貌。

濫竽：混入之喻。

桃李：喻及門受業之弟子也。

【前函語譯】

某某先生：

自從和你分別，轉眼又幾個月了。每每見到春天的樹，晚來的雲，總是不能不想起你，近來你的起居動作，我想一定是安好的！我混跡學界，沒有甚麼好處可以告訴你。近來有一位同事，要到東洋去考察，校內因此少了一個國文教員。擔任這個職務的，文化程度雖不要過高，教管卻是要雙方兼顧的。先生門下，不少品學兼優的弟子，意中如有可以介紹的，敝校萬分歡迎。月薪約在若干元左右，事先也通知你一聲。

弟　某某　月　日

託招股份

某某先生閣下：前詣　尊齋，屢邀　青睞，飫和食德，感篆五中。比維
隆業日臻，履祺時暢，為慰為頌。某之江寄跡，建樹毫無；困守經年，日形窘迫。
邇以友人慫恿，合組一煤礦公司，已將次第就緒。為山九仞，一簣尚虧。伏念
先生交遊既廣，局面又宏，務懇於　貴親友中，代招附股若干，俾得早日成立。
其感激詎有既乎！附上草擬簡章數紙，並乞　修正為荷！專此拜懇，不盡縷縷；
並頌
籌祺。

弟　某某謹啟　月　日

【註釋】

詣：讀誼，至也。

青睞：即青眼。

之江：即浙江。

慫恿：音竦勇，為旁人説動之意。

九仞：八尺曰仞。為山九仞，功虧一簣。見《論語》。

【前函語譯】

某某先生：

從前到你處，承你殷勤招待，心中很是感激，至今不忘。想你近來的事業和起居，一定很好，我現今住在浙江，一事未曾做得，困守多年，一天窘迫一天。近因友人慫恿，合組一個煤礦公司，已經辦有頭緒，但是股份方面，還沒有足數，因想起你交遊很廣，局面又大，請你在親戚朋友中，再代招幾股，使我們公司得早日成立，這樣，感激真沒有盡時了！附上草擬簡章數份，請你替我們修改修改！專為這事拜託你，以外的話再談。

弟 某某 月 日

託辨礦苗

某某先生足下：昨奉
琅函，並辨論地質學一書，至理名言，絡繹腕下，斷非夙有經驗者不辦。欽甚
佩甚！某濫竽礦界，卅載於茲，駑鈍自慚，毫無心得。茲由某礦山交來金銀雜質
礦苗數種，某已化驗多次，尚未能悉其底蘊；因奉該苗少許，敢請
先生用分析法，辨明其含有金質若干，銀質若干，各種雜色成分若干，俾作採
取之準則，而某亦得有交代矣。雅託至交，用敢瑣瀆。事關實業進步，千祈勿卻
為感！手函奉託，並頌
文祺。

弟　某某鞠躬　月　日

【註釋】

琅：音郎，玉名。稱人信札日琅函，尊重之也。
絡繹：音洛亦，言斷續不絕也。
腕：音宛，手腕。
濫竽：充數之意。
底蘊：即底裏，內容之真相也。
分析：用科學方法將礦物元素分辨明白也。

【前函語譯】

某某先生：

昨天奉到你的信，和《辨論地質學》一書，高談妙論，不是素來有經驗的人不能道。欽佩得很！我在礦界中，雖有二三十年的歷史，卻沒有一些學問。現由某礦山交來金銀雜質礦苗若干種，我已經化驗多次，還沒有看得出它的真相；因此把這個礦苗送上，請你用分析法辨明金質銀質雜質各有多少，使它們可以做採取的準則，我也就有了交代了。你我交好多年，所以敢來煩勞你。事關實業前途，千祈勿延勿卻！

弟　某某　月　日

託辦嫁妝

某某大妹青覽：城鄉遙隔，音問久疏。手足情深，原不在楮墨間課親密也。比想　芳閨葉吉，潭第延釐，曷勝額頌。某年將花甲，亟須願了向平。二小女出閣，即擇於月之某日。一應木器妝奩，尚未購辦。吾妹寄跡名區，見聞自廣。望　代購合時木器全副，不須過美，但得經久耐用，便為合格。想親愛如　妹，當必能代為措辦也。附上國幣若干，不敷之數，容後面結。耑函拜懇。並頌

儷祉。

姊　某某襝衽　月　日

【註釋】

芳閨：即閨房。
葉吉：葉，合也。
延釐：延，引也。釐，福也。
額頌：以手加額而祝頌也。
向平：向子平以女嫁男婚為畢其心願。故兒女婚嫁稱為了向平之願。
措辦：即籌辦也。

【前函語譯】

某某賢妹：

我們城鄉遠隔，好久不通音問了。但是姊妹的情分，原不拘定在形跡上的。料想你在閨中安吉，府上多福，定如我所祝頌。我年紀將近六十，要想速了向平之願，二小女出閣的日子，就定在這月的某日。所需木器妝奩，一切都未購辦。妹妹住在著名的地方，見識自然比我高！請你代買全副的時式木器，不要過分好看，但求經久耐用便夠。我想你一定不會推諉的。附上銀洋若干元，倘若不夠，日後面結。費你的神，也只好以後謝你了。

姊 某某 月 日

介紹族姪承繼

某某族弟如晤：昨奉

手畢，字裏行間，大有伯道無兒，身後茫茫之感。兄竊為吾　弟計，此不足慮也。

夫昭穆既乏相當，螟蛉又非所願，不如以親及疏，由近遞遠，據五百年同是一家之前例，立族中親愛者為嗣；是亦經權互用之一法。族姪某某，以品學而論，足可光前。吾　弟若有是意，則向伊父説項一層，由兄負責。倘能成事實，他日則繼繼繩繩，仍是千秋一脈，又誰得議吾　弟之非哉！瑣渺布達，即候

玉復，此請

大安。

愚宗兄　某某拜啟　月　日

【註釋】

手畢：猶言手簡，謂書札也。

伯道：晉鄧攸字，攸無子。故引作無子之喻。

昭穆：左昭右穆。言承繼之次第。

螟蛉：喻以他人之子為己子。《詩經》：『螟蛉有子，蜾蠃負之』。

經權：經，常也。權，變也。

說項：唐人詩：到處逢人說項斯。即遊說請託之意。

繼繼繩繩：言接續之意。

【前函語譯】

某某族弟：

昨天接到你的信，詞氣間，很有伯道無兒，身後茫茫的感想。我以為這倒不必憂慮；近族既沒有相當的人，螟蛉又非你所願，不如引五百年同是一家的前例，從親及疏，由近及遠，將族中親愛的過繼為子；這也是經權兩用的一種法子。族姪某某，就他的品學來說，足可光耀前人。吾弟如有這意，向伊父介紹一節，可以由我擔任。倘使能成事實，將來接續下去，仍舊是千秋一脈，又有誰說你不是呢？你的意見怎樣？我在這裏候你復信。

族兄　某某　月　日

介紹航空教練

某某先生講席：昨謁
台端，適逢公出，悵悵而歸！側聞　貴校現擬添設航空班，以期造成航空之人才；熱心國事，欽佩莫名。但教練一席，未知有人應聘否？敝友某君，新由美國航空學校卒業回華，其品學之純正，技術之優美，早為邦人士所共仰，無容贅述。刻伊尚在待聘，浼予一言為介。如蒙　錄用，當專函前途，俾早蒞校任職。專此，祇候　玉復；並請
鐸安。

某某鞠躬

月　日

【註釋】

浼：音每，上聲。以事託人曰浼。

涖：音利，臨也。

【前函語譯】

某某先生：

昨天來看你，恰巧你有事外出，衹得悵悵而歸，近日聽見人家説你校裏，正擬添設一級航空班，想教成許多航空的人才；熱心國事，欽佩得很！但不知這一班的教練員，已經請定否？敝友某君，新從美國航空學校畢業回國，他的品行學藝，國人早已佩服，用不着我説了。現在他還在待聘，託我寫信介紹。貴校如能錄用，望你寫封信給我，我當轉告他早日來校就職。

某某　月　日

介紹承包行家

某某先生足下：頃奉
台翰，藉悉大軍雲集，輜重芻秣，轉運維艱，擬就近採辦軍米若干石應用，苦乏相當行户承包。弟轉輾籌思，祇有下關某某米行，人既老成可靠，貨亦真實無偽。囑伊採辦，當無遺誤。先生若以鄙言為然，請即遣價前往接洽，定可源源購奉。事屬軍務要公，決不敢以虛言搪塞也。專泐布復，順請
勛安。

弟　某某鞠躬　月　日

【註釋】

雲集：喻集合之盛。

輜重：是指軍裝糧食之類。

芻秣：是馬糧。

轉輾：反覆也。

下關：在南京。

【前函語譯】

某某先生：

剛剛接到你的信，才知道貴軍所需的食米，想要就近購辦，無奈沒有相當的行家承包。我一再思量，祇有下關某行，人既老成可靠，貨也真實不欺。叫他代辦，諒想不會誤事。先生如以鄙言為然，請你差人前去接洽，一定可以陸續辦到。事屬軍事要政，我萬不敢以虛言來搪塞你的。

弟　某某　月　日

介紹手工教員

某某先生執事：頃奉

大札，誦悉 貴校各科教員，均經聘定，惟手工一席，尚在虛懸，囑弟代為物色。因思敝友某君，係國內著名工藝學校卒業，製作既極精良，人品亦復純正；畀以斯職，定堪勝任。如承 金諾，當即促其束裝前來，面洽一切也。耑函推轂，復頌

文祺。

弟 某某鞠躬 月 日

【註釋】

席：古者布席治事，故亦謂職務曰席。

物色：察訪人物也。

金諾：即答應之意。季布一諾千金，故用為尊稱。

推轂：推薦之意。

【前函語譯】

某某先生：

來信說貴校的各科教習，多已請定；只有手工一科，還沒有人，託我代你物色。因此想起敝友某君，是國內著名工藝學校畢業的，製造的物品很好，品行也極純正；叫他擔任這科的教授，定能不負所託的。你如同意，我就請他早日來校，接洽一切。

弟　某某　月　日

介紹跑街

某某先生惠鑒：月前曾肅寸緘，未蒙
賜覆，想懷人盡在不言中也。某托足滬濱，僅資糊口，差幸賤體粗安，藉慰
廑註。尊號跑街，聞已因事去職。想兜售生意，收取賬款，不可一日無人。敝友
某君，在申有年，於南北商幫，均甚熟識，斯職或可勝任。如蒙
推愛屋烏，量才錄用，則感激不啻身受矣。手此布懇，即候
玉復，順頌
台綏。

弟 某某鞠躬 月 日

【註釋】

兜售：即招徠之意。

屋烏：言愛此屋並愛及其屋之烏。喻愛我而兼愛及我之友也。

【前函語譯】

某某先生：

月前寄給你一封信，至今沒有回覆；想來朋友的懷想，不一定要在書函中表達罷。我在上海，只能顧一己的衣食。幸虧身體還好，可以用來安慰你。你店裏的跑街，聽說已經辭職走了。我想兜攬各幫生意，和收取貨款等，不可一天沒有人。我的舊友某君，在上海多年了，對於南北幫的商家情形很熟悉，用他做個跑街，很是相宜。尊號能夠用他，我的感激，就同我身受一樣哩。可否請你答復我一封信！

弟　某某　月　日

介紹繡娘

某某賢姊惠鑒：正思風采，忽捧
朵雲，情語依依，新詞疊疊，展誦再四，殊令吾神往於妝臺左右矣。伏讅
賢姊侍祺安吉，儷祉雙綏，慰如忭頌。妹寂處閨中，無庸贅述。前某小姊託僱繡
娘，一時無從延請，報命因是而遲。刻有某女學高才生，新由專修科畢業，所
繡仕女花鳥，酷肖如生，呼之欲出，的是刺繡班中之翹楚。妹已代説好，吾　姊
試用後，當知予言之不謬也。泐此，敬請
雙安。

妹　某某撿衽　月　日

【註釋】

風采：指人之儀容言。

朵雲：指信。

贅：音綴，言多餘。

酷肖：極像之義。酷，音哭。

翹楚：高出儕輩之意。翹，音橋。

【前函語譯】

某某姊：

正在想念你，忽然接着你的信，詞句新穎，且多依戀的情意；叫我書未讀竟，神魂已飛到你的妝臺左右了。想起賢姊在翁姑夫婦間，必能使他們安樂；這是我所最歡喜祝頌的。以前某小姊託我僱的繡娘，一時沒處去找，所以未曾回覆。現在有某女校學生，新從專科畢業，所繡的人物花鳥，竟和活的一般，確是那刺繡班中的最高人才！我已經和她說好；你試用之後，就知道不是誑你了。

妹　某某　月　日

介紹保姆

接奉　還雲，備悉種切。就譎
某某先生起居安吉，為慰為頌。某濫竽學界。卅載於茲，轆賓士，依然故我；清
夜思維，自憐亦堪自笑！昨某君來，說及　尊府兒女眾多，擬聘保姆一人，設立
一改良家塾，以教育後輩。法至良，意至善也。茲有舍表妹某，向任職某省幼
稚園；對於兒童心理習慣，知之頗譎；且於誘掖各，法亦夙有研。究洵女界不
可多得之教育人才。因是始敢介紹。尚祈
推情錄用，不勝感激。肅泐，並請
台安。

弟　某某鞠躬　月　日

【註釋】

轅：《博雅》：車軌道謂之轅。喻人之在外賓士也。

誘掖：引誘扶持之意。

【前函語譯】

某某先生：

　　接到你的回信，一切都知道了。你近來的起居，想來一定很好。我混在學界，已經有三十年，跑來跑去還和從前一樣；每到半夜裏想起，自己替自己可憐，也替自己可笑！昨天某君來，說及府上的兒女眾多。要請一位保姆，在家中設立一個改良家塾，教導自己的子女。這法子極好，意思也極是。現在我有一位舍表妹某某，向在某省幼稚園服務；她對於兒童的心理和習慣，很是熟悉；引導扶持兒童等法子，亦很有經驗。真是女界中不可多得的教育人才！所以我敢推薦與你。你如能推情用她，我很感激你。

弟　某某　月　日

借住房屋

某某族叔大人座右：前肅寸稟，諒邀
鑒及；久不見復，殊為懸懸。姪寄寓某地，經營商業，本擬稍畜蠅頭，再圖返里。
奈某某兩方，戰雲又起，干戈戎馬，昕夕不安。而敝處適當其衝；一家老幼，
驚皇萬狀，急急遄歸，苦無棲止。不得已擬向　尊處暫借數椽，聊蔽風雨，一俟
覓有相當房屋，即行遷讓。度
長者素能急人之急，當必不以一脈而麾諸門外也。肅泐奉懇，敬請
鈞安。

姪　某某謹上　月　日

【註釋】

蠅頭：此喻微利。

昕夕：即朝夕。

數椽：即幾間。

一脈：即同宗之意。謂同一血脈也。

【前函語譯】

某某族叔：

前次寄給你的信，料想已經看過了；但是許久不見答覆，心中很是掛念。我寄居某地做生意，本想積聚些資財，然後回來，無奈某某兩省，又有戰事發生；槍彈炮火，朝晚不安。而我處又是他們必爭的地方；家中老小，嚇得沒有法兒，急急的趕回來，苦無房屋居住。不得已，擬向你處借幾間房安身，等我一尋到相當的房子，就立刻遷讓。想你素來能夠濟人之急，決不把一脈的人，反而置諸度外的。

姪　某某　月　日

借填軍餉

某某先生足下：寧垣聚首，暢挹
蘭芬，感篆私衷，與日俱積。比維
財祺集吉，福祉咸釐，定慰忭私！某濫竽戟署，任職軍需。邇因邊疆不靖，派隊
出征；積餉既宜發清；開拔又需鉅款。而庫空如洗，籌措維艱。
先生為金融界鉅子，實業中偉人，經濟一方，定卜左宜右有，捲舒自如。敢祈
鼎力代籌若干。一俟各縣解到。當即子母奉趙。事關國用，諒不我卻。肅函布懇，
並頌
籌祺。

弟 某某鞠躬 月 日

【註釋】

寧垣：即南京。

蘭芬：如挹芝蘭之芬。指人之顏面言。

戟署：指武職的官署。門有戟衛，故曰戟署。

捲舒：收放也。

奉趙：言還也。是借用藺相如奉璧歸趙意。

【前函語譯】

某某先生：

自從在南京見了你的面，別後沒一天不記念你。我現在混跡軍界，擔任軍需一職。近來因為邊疆不靖，派兵征勦；所有積欠的餉銀，先要發清；開拔又要一大筆款子。目下庫空如洗，籌劃很是艱難。想起你是金融界的大人物，商業中的領袖；金錢一層，定能左宜右有，收放如意的。這次只有勞你的大力，代為籌劃若干。等到各縣的款子解到，立刻將本利奉還。事關國用，想你不會推卻的。

弟 某某 月 日

借用理化器械

某某先生足下：暑期暢敍，倏屆新秋。莘莘學子，又皆負笈而來矣。敝校自增設中學部以來，所需各項儀器，雖皆陸續購置，而於理化一科，尚未辦齊。明日為弟授氫氧二氣，講解縱極明晰，無實驗以為之證佐，諸生必疑信參半，於效率上未免低減。因特專函　貴校，懇將試驗氫氧所用之器具借下一用。緩日奉趙，決不有延。此請

教安。

弟　某某鞠躬　月　日

【註釋】

笈：書箱也。

氫氧：化學中二原質。

【前函語譯】

某某先生：

暑假中暢敍，轉眼又到新秋。許多學生，又都背了書箱來就學了。敝校自從添設中學部以來，各種儀器，雖陸續購置，但是理化一門，還沒有購置齊全。明天是我教授氫氧二氣的課，講解縱極明白，卻沒有試驗器給他們一個證明，學生恐怕不會完全了解。而減低教學的效率。因此特地寫信到貴校，懇將試驗氧氫二氣的器械，借給我一用。緩日奉還，決不延誤。

弟　某某　月　日

索還出借圖書

某某同學兄鑒：小別兼旬，殊殷系念；契洽如 君，想彼此同之也。近維
學業日新，至為企頌。某前因開學期迫，忽促束裝到校，所有日用物品，未及
一一檢齊。至應用各書，亦有未及帶出者。言之滋愧。
尊處前借某書一部，本不急於索取，實因現時需用，不得不移緩就急。一俟家
內寄出，仍可奉借。叨屬知己，諒能 見原。手此布臆，不盡縷衷，並候
近佳。

弟 某某鞠躬 月 日

【註釋】

契洽：相合意。

【前函語譯】

某某學兄：

和你分別，雖沒有多時，然念你的心，很是殷勤；知己像你，恐大家都是一樣的吧！料想你的學問，日有進步；這是我所企望的。我此番因開學期近，急忙到校，所有日用物品，還有些留在家裏，就是應用的書籍，也沒有帶得齊全。說也慚愧哩！你前次借去某書一部，本不應急來索取；實因現在不得不想個『移緩就急』的法子。等我家裏將這書寄出，仍舊可以借給你用，叨在知己，想你定能原諒我的！

弟　某某　月　日

索還出借衣服

某某我兄大鑒：匝旬未晤，如隔三秋。誼切同枝，固應爾也。此想

起居安吉為頌！某自任職某方，各界頗多酬應；一身衣若襤褸，何足登大雅之

堂！因思

尊處借去衣服，雖不甚華美，尚可敷衍目前。遺價走領，祈　擲交為荷。不情之

請，統希原宥，順頌

文祺。

弟　某某鞠躬　月　日

【註釋】

三秋：《詩經》：『一日不見，如三秋兮。』

同枝：指兄弟言。

襤褸：破舊之意。

擲：音直，抛下也。此作交付之謙稱。

【前函語譯】

某某兄：

十天不見，就像隔了三年的樣子。我們兄弟間，是該有這種情況的。想你近來起居，一定很是平安。我自從擔任了某處的職司，酬應的事情很多；但是穿了破舊的衣服，實在不能到大方人家去。因此想到你前次借去的衣服，雖不能說是華美，暫時還可以敷衍過去。今差某僕前往領取，望你交他帶回！不情的地方，還望你原諒些！

弟 某某 月 日

索還代辦貨款

某某先生台鑒：月前踵　府，諸多叨擾，感甚謝甚！承
囑代辦各物，照式配製，業已遣人奉上。是否適用？尚乞　詳示。該款若干，本
不應急於催取，實因節關在邇，不得不將各賬作一結束。明達如　君，定能諒解。
是款若能早日見賜，尤所感盼！此請
爐安。

弟　某某鞠躬　月　日

【註釋】

踵：音腫，至也。

叨擾：即謝人優待之意。

【前函語譯】

某某先生：

月前在你府上。諸多破費，真是感謝不盡！所囑代辦的物件，已照來式配齊，差人送上。適用不適用？還望你給我一個回信。至於這項的貨款，本不應這樣緊催。實在是因節關將近，不得不拿各項賬來結束一結束。明達像先生，定能加以原諒的。該款若能早日付給，更是感激盼望！

弟　某某　月　日

索還刺繡樣本

某某表妹芳鑒：日前

姑母歸寧，述及吾　妹邇來除赴校上課外，兼習刺繡女紅。並出示成績，所繡翎毛花卉，栩栩欲活，巧奪天工。誠婦女界中不多見之作，羡甚佩甚。姊近因雪窗無事，亦頗見獵心喜。前　尊處借去之刺繡樣本，不知是否錄竟？如已竣事，望即擲下，俾姊温習舊業，他日或可附尾。諒吾　妹樂成人美，必能俯如所請也。專函布懇，罔罄言餘。諸希

愛照不一。

愚表姊　某某襝衽　月　日

【註釋】

歸寧：女子既嫁，歸問父母之安否曰歸寧。《詩》：『歸寧父母』。

紅：古與工通。女工，亦作女紅。見《漢書》。

翎：音林。此指鳥類言。

卉：音諱，即花卉。

栩：讀詡，栩栩欲活，謂圖畫之像生也。

見獵心喜：言見人作事，我亦想做之意。

附尾：即附驥尾，言附在後面意。

【前函語譯】

某某表妹：

日前姑母歸寧，說起妹妹近來除到校上課外，兼學習刺繡女工。並拿出你的成績給我看，所繡的花卉翎毛，竟同活的一般。這等刺繡，我們女界中真真不多，佩服得很！我現在家裏沒事，也想做些女工。你前次借去的刺繡樣本，錄完沒有？如已錄好，望即交還，讓我也把舊業溫習溫習，將來或可以跟得上你。想妹妹樂成人美，必能許我所請的。

表姊　某某　月　日

約同歸掃墓

某某二哥大鑒：音候雖疏，殊殷遐想。流光如駛，倏又經年，近想
起居安吉，為頌為慰。弟幕遊燕省，十載於茲。木本水源，時縈夢寐。祇以籠鳥
依人，諸多牽掣。每屆寒食清明，惟有望風涕淚耳。出月初旬，決計南旋。藉
拜松楸，以瞻家室，慰
慈母倚閭之望，作親朋數日之留。我
哥如表同情，屆時望並轡旋里，是亦兄弟間難得之佳會也。肅函布悃，即候玉
復。不備。

弟　某某手啟　月　日

【註釋】

幕：音暮。幕遊，言在衙署中就事。

燕：即河北省。

籠鳥：言人之就事，如鳥之在籠，不得自由也。

牽掣：言牽住之意。

寒食：是清明前一日，為掃墓時期。

松楸：是墳上的樹。

倚閭：母望子歸，恆倚在門閭，故日侍閭。

轡：馬鞍也。

悃：音困，心事也。

【前函語譯】

某某二哥：

信雖長久不通，然我無日不想念你。光陰很快，又是一年了。料想你的起居，定然安好。我遊幕河北，已有十年。木本水源，我亦何嘗不想念着。祇為就了人家的事，就像籠鳥不能自由。每到寒食清明祭掃墳墓的時候，只有望着風，流些眼淚罷了。出月初旬，我決計要回去。藉這掃墓的事，到家慰慰我們母親的盼望；同親朋們也可以歡敍幾天。你如果也有這意思，那就可以一同上路，這也是兄弟間難得的機會啊，並望你先給我一個回信！

弟　某某　月　日

約會勘祠基

某某族叔大人尊鑒：昨某弟來，道及我族因建造宗祠，基地發生糾葛；殊堪駭異！竊思先賢某某公專祠，本係國家飭造；毀於兵燹。以後雖年久失修，然基址猶在。今照原有式樣建造，並未侵佔人地，鄰右發生交涉，殊屬無理取鬧。某弟已約定官中丈量員，準明日開丈。望吾　叔屆時早臨，輔助一切。倘得水落石出，彼自理屈詞窮。事關先人祠宇，幸勿遲卻為盼。肅此祇請

道安。

宗姪　某某謹上　月　日

【註釋】

勘：音堪，視察意。

糾葛：喻事之纏結不解者。

【前函語譯】

某某族叔：

昨天某弟來，説起我族建造祠屋，基地和鄰居發生糾葛；我很是駭怪！我想先賢某某公的專祠，本是國家命令造的，兵亂之後，雖多年沒有修理，但牆基還在。今照原式建築，決無侵佔他人基地的道理。鄰居來發生交涉，實是無理取鬧。某弟因此約定官中丈量員，定明日同鄰居去開丈，望吾叔到那時來輔助一切。倘得丈勘明白，他自然理屈詞窮，沒有話説了。事屬先人祠宇，千萬不要推卻或遲延，這是我所盼望的！

宗姪　某某　月　日

約會商防務

某某先生鈞鑒：疊奉

手書，藉悉種切。邊疆不靖，意中事也。敝縣適當某省要衝，貴營尤屬毗連。值此唇齒相依之勢，不得不為同舟共濟之謀。但軍情萬變，遙揣為難。際此倉皇戎馬之時，弟又不敢擅離職守。擬請再擇一適中地點，於某日　移玉該處，察視形勢，共圖軍事上之佈置。何如？庶綢繆於未雨，不至受渴於臨時，想

先生當不以予言為河漢也。忽泐布達，順頌

勛安。

弟　某某謹復　月　日

【註釋】

脣齒：脣亡則齒寒。喻彼此相依也。

同舟共濟：言大家在一舟，必求共濟。喻大家在一處，均有關係。

倉皇：忙迫意。

綢繆：即籌劃也。

移玉：請人自來的謙辭。如玉之趾，乞其移動也。

河漢：空言無實曰河漢。

【前函語譯】

某某先生：

屢次接到你的信，各事都知道了；邊界不靖，自是意中事，但是我處適當某省的要衝，你更與他毗連；當這脣齒相依的形勢，不得不共謀救濟。但是軍情萬變，揣測很是為難。現正軍情緊急的時候。我又不敢擅自離開職守。只有再揀一個適中地點，大家到該處去察看情形，雙方布置，你看是怎樣？平日有了預備，庶幾臨時方不受人迫促，料想你一定贊成我的提議的。

弟 某某 月 日

約赴會演講

某某先生足下：旬日不晤，悵甚！明晚為我校值期演講，教育會已專函知照。先生崇論宏議，早為各界所欽仰；屆時尚乞 惠臨敝校，同往一抒讜論。開通社會，誘掖後進，非 公誰屬！事關地方公益，不吝 賜教為幸。耑肅，即請

著安。

弟 某某鞠躬 月 日

【註釋】

讜：音黨。直也，正也。

誘掖：引導扶助也。

【前函語譯】

某某先生：

十天不見，鬱悶極了。明天晚上，教育會演講，是我校值期，該會已來函關照。先生的議論，早為各界所欽佩；到那時候，望你到我校裏來同去，發揚你的宏論。開通社會上的智識，引導學生們的進步，恐非先生不能！這是地方的公益事，望你盡量賜教才好！

弟　某某　月　日

約勘察礦苗

某某先生足下：河山間阻，音問久疏。昨奉
惠書，不啻清風來故人也。欣慰奚如！某自東瀛返國，即致力於礦學。因國家之
富，由於實業；實業之興，首在礦務。敝處層巒疊嶂，綿亙千里。據歐西礦學家
言，該山五金各質，均極富庶，而以煤質為尤著。某現擬組織公司，從事開採。
祇以勘察礦苗乏人，遲遲未果。側聞
先生研究礦學有年，智識既高，經驗又富，懇請 駕臨賜教，俾作南針。異時憑
藉有資，皆出 先生之賜也。感何如之！忽泐，即請
台安。

弟 某某鞠躬 月 日

【註釋】

東瀛：指日本。

層巒疊嶂：言山之多也。巒，音鸞。

綿亘：亘，音梗。綿亘，延長貌。

南針：即指南針。喻指示標準意。

【前函語譯】

某某先生：

河山隔了我們，音問疏忽久了。昨天接到你的信，真像清風吹了舊友來。不知歡喜到那樣哩！我從日本回國，就注重礦業。因為實業是強國的根本；但是要實業發達，又當先從礦務着手。我鄉某山的山脈，延長千里，據外人調查後說：『該山五金都有，煤更富足。』我想創辦一個煤礦公司，着手開採。因為沒有勘察礦苗的人，所以遲到如今。近日聽見你研究礦學多年，智識既高，經驗宏富，想請你到敝處指教指教我們。將來如果辦有成效，那都是由先生所賜，真感激不盡哩！

弟　某某　月　日

約同觀菊花

某某賢姊妝次：滿城風雨，節屆重陽。伏處深閨，殊形沉寂。聞明日某園開菊花大會：如絲如爪，羅列一堂，或紫或紅，紛披左右。有淵明癖者，莫不聯襟往觀。妹處相隔非遙，若不躬逢其盛，未免負此名花。因耑函相邀，同往領略此園雅趣。

姊如有意，明日午請在府稍待。妹準親詣 芳閨，同赴作竟日之玩賞如何？手此

奉約，竚候

玉復；並請

秋安。

妹 某某斂衽 月 日

【註釋】

如絲如爪：此言菊花之種類也。

紛：亂也。

披：開也。

淵明癖：陶淵明愛菊，故云。癖，嗜好之病也。

襼：音藝，袖也。

領略：理會也。

【前函語譯】

某某賢姊：

滿城風雨，又快到重陽佳節了。我在家裏很感寂寞，聽說明天某園開菊花大會：像絲像爪的，都排滿堂上；或紅或紫的，都紛列左右。愛好菊花的人，沒一個不去觀看。我的住處，和某園很近。倘若不去參觀，不辜負了這名花嗎？因此寫信邀你，同去領略那園中的雅趣。你如果有這意思，明午請你在府等我。我當到你府上，同去作竟日的賞玩何如？去否請你先給我一個回信！

妹　某某　月　日

約伴購國貨

某某賢姊惠覽：別來旬日，如隔三秋。相愛之深，遂不覺相思之切矣。即維
蘭閨萃吉，芳祉安祥，定符私頌。妹昨過民國路，見國貨商場，物品頗形完備。妹之奩具，擬純用國貨。第花色繁多，揀選不易。明日可否請吾　姊先至舍間，再同赴該商場採買？庶辦理有所折衷，劣品不致誤購。想情同手足者，不至以瑣事而諉卻也。率泐，並請
近安。

妹　某某斂衽　月　日

【註釋】

萃：音遂，聚也。

奩：音連，妝奩也。

折衷：亦作折中，判斷之也。

【前函語譯】

某某賢姊：

分別不過十天，竟像隔了三年一樣。以你我相愛的深，所以遂不覺相思的切了。我昨天經過民國路，見國貨商場的物品，倒很完備。我的奩具，想完全買國貨。但是花色很多，揀選是不容易的。明天可否請你到我家裏來，同去採辦？庶幾有人商量，不至於買到劣貨。我們姊妹的情誼，想你不會嫌煩瑣罷！

妹 某某 月 日

第二編　陳敘類

論衛民宜整頓警察

某某先生鈞鑒：敬啟者，敝處萑苻不靖，前承調兵鎮懾，閭閻為寧。但僻區仍多搶劫；是非外來之匪，實本地之伏莽也。故鄙意多遣防兵，不如整頓警察；緣警察選當地人民，不似外來防兵之人地生疏；其對於地方宵小，偵緝較易為力，收效亦較防兵為速。但居是職者，能勤謹而有知識，方克濟事。若濫竽充數，利未見而弊先叢生矣。管見是否有當，統希亮察是幸！敬頌

勛安。

某某謹啟　月　日

【註釋】

萑苻：音丸苻，盜藪也。
懾：讀如失。鎮懾，謂以威臨之，使收斂不敢妄為也。
伏莽：伏藏之寇盜也。
偵：音貞，探也。
緝：音七，捕也。
濫竽：充數之意。
管見：喻所見不大也。

【前函語譯】

某某先生：

敝處盜賊不靖，前承先生調兵鎮懾，里巷安寧。但是荒僻的地方，仍時常有搶劫的事情發生；這不是外來的土匪，實在是本地潛伏的盜賊。所以我的意思，與其多設防兵，不如整頓警察；因警察是本地人，不像防兵的人地生疏；他們對於當地的匪類，偵緝自然比防兵容易，收效也較防兵迅速。但是當警察的人，總要有智識，能勤謹，才能夠成功。如若把沒有這種才力的人來充數，那麼利未有見，弊先百出了。管見是否有當，望你斟酌採納！

某某　月　日

論普及教育宜多設小學

某某先生函丈：負笈

程門，瞬經數載；春風化雨，廣荷 裁成。感篆私衷，至今猶時時在抱也。昨承

賜示，擬籌設大學以教育諸生。熱心毅力，既佩且欽！但管見所及，國人須有

高尚智識，尤必先有普通智識以為之基。故與其增設大學，不如多設初等學校，

以求達夫教育普及之目的也。我堂堂文明之中國，而猶有多數人格不完之人民，

皆教育未普及之故。增設之以救其偏，當亦識者所心許也。是否可行？統 希裁

示！肅此敬請

道安。

門生 某某頓首 月 日

【註釋】

函丈：師席曰函丈。

程門：即程伊川之門下也。《宋史》：程門立雪。

春風：言受明師之教誨，如坐春風之中也。

化雨：孟子：有如時雨化之者。

【前函語譯】

某某先生：

想起從前在先生門下讀書，已經隔有幾年了。感激『春風化雨』的心，到現今還念念不忘；昨天接到你的信，說要籌辦大學，用來教育我們這許多學生。熱心毅力，欽佩得很！但我以為國人要有高尚智識，一定要先有普通的智識做基礎。故與其要添設大學，不如多設初等學校，以求達到教育普及的目的。我們堂堂的中國，卻還有許多人格不完的人民，這都是教育未普及的緣故。能夠多設小學，以彌補那缺陷，想必為有見識的人所心許的。我的意見是否可行？望你寫信指示我！

學生 某某 月 日

論改良私塾之利便

某某先生閣下：頃讀

雲函，崇論宏議，擴我心胸，感甚佩甚。蓋辦學為培植人才；照目前而論，有不能不變通辦理者。我國學校，自遜清創辦迄今，此中所出人才，尚屬寥寥無幾。以鄙意度之，由於辦理之不善者半，由於經費不足，教育未能普及者亦半。故欲求教育之發達，惟有先從改良私塾為入手辦法。成績優良者，請獎勵而補助之。不合法而敗劣者，亦必懲戒而改良之。如是則經費既省，學校日多。是亦改進教育，培植人才之一法也。

尊見以為何如？肅泐，即頌

譔安。

弟　某某鞠躬　月　日

【註釋】

寥寥：不多也。

【前函語譯】

某某先生：

剛才接讀你的來信，高論宏見，展開我的心胸不少，很是感佩。辦學本來是培植人才的；照目前而論，實有不能不變通辦理的地方。我國學校從前清辦到現在，所造就的人才，還寥寥無幾，照我的意思揣度，一半是由於辦理的不善，一半是因經費不足，以致教育不能夠普及。所以要求教育的發達，只有先從改良私塾入手。教授合法而優良的私塾，獎勵補助它；不合法而敗劣的，懲戒改良它。照這樣做去，經費既省，學校也就增多了。我以為這也是改進教育、培植人才的一種方法；不知你以為怎樣？

弟　某某　月　日

論整頓紗業宜注意植棉

某某先生足下：重洋雖隔，音問常通，萬里無殊一室，欣慰何似！

來示所述：我國棉紗一項，供不應求，以致舶來品消場大佳。溢出利源，殊為可慮。宜多設紗廠，以挽救漏卮。此見誠是也！但鄙意紗係棉質所成，欲整頓紗業，宜先講求植棉之法。我國棉種，向少研究，似宜改植佳種，使纖維加長，收穫加多。庶原料不購自外洋，出口自有相當之利益矣。未識高明以為然否？

肅此布復，敬頌

旅安。

弟　某某鞠躬　月　日

【註釋】

漏卮：漏的酒杯；喻利權之外溢。

【前函語譯】

某某先生：

我們雖是隔了海洋，仍能夠時常通信，無異會言一室，真欣慰極了！昨天你的來信裏說：我國棉紗產量太少，不夠應用，因此外洋運來的紗消場很好。利源外溢，異常可慮。我們應當多開紗廠，拿來補這個漏洞。這見地是極對的！但我以為紗是棉做成的，要整頓那紗業，定要先講究種棉的方法。我國所種的棉花，向少研究，應當改選上等棉種，纖維可以加長，收花自然也可比較的多。這樣，原料可以不從外洋買來，出口自然也有相當的利益了。但不知你的意見以為怎樣？

弟　某某　月　日

論煤鐵礦亟宜開採

某某先生足下：昨聆
清談，道及實業不發展，為我國貧弱之因。至言確論，欽佩奚如！即以國中煤鐵兩礦而論，除開平大冶稍著成效外，其他幾如麟角鳳毛之不可多得。大好利源，坐棄於地，殊堪浩歎！機器非煤不能動；工廠用鐵亦甚夥。鐵煤既有若是功用，開採尤屬當務之急。故鄙見以為凡有是項礦產各省，我國人即宜設法籌資，從速開採。一以救國家之貧；一以開實業之基。不知
先生以為然否？瑣泐布臆，順頌
台安。

弟　某某鞠躬　月　日

【註釋】

開平：地名，有煤礦。

大冶：冶音也，縣名，有鐵礦。

麟角鳳毛：麒麟之角，鳳凰之毛，是物之最珍貴者。喻難得之物。

【前函語譯】

某某先生：

昨天聽你說及，我國實業不發達，是貧弱的大原因。這話極對，很是佩服！就國中的礦產來說，除掉開平、大冶兩處辦有成效外，其他幾乎像麟角鳳毛的不可多得。大好利源，棄在地中，真可浩歎！各種機器，沒有煤不會動；工廠用鐵也很多。鐵煤既然有這樣的功用，開採實在是不可緩的。所以我的見解，以為凡有該項礦產的省份，國民就應該想個法子籌款來從速開採。一面可以救國家的貧弱；一面可以開實業的基礎。以上所說的話，不知你以為對不對？

弟　某某　月　日

報告家中狀況

父親大人膝下。敬稟者：昨奉
訓諭，藉悉　大人玉體康健，百凡順遂，堪慰孺慕。家中自
母親以下均吉，勿念。寄來布匹銀洋，照收無誤。月初已付去　某母舅處會款若
干，某姓禮分若干，餘留家中日用；布匹為兩弟做衫褲各一身，料頗經久耐洗。
男暑假考試畢業，幸列入優等，捫心自問，慚愧滋多。此後轉學，當益加奮勉，
以期無負
大人祈望之心矣。秋風多厲，諸希
珍攝！

男　某某百叩　月　日

【註釋】

玉體：言父母之體。如玉之貴重也。

奮勉：發奮勉勵也。

珍攝：珍重保衛之意。

【前函語譯】

父親：

昨天奉到訓言，知父親的身體康強，凡事如意，男很是快慰。家中自母親以下都很安好，可勿掛記！寄來的銀洋和布匹，照收不誤。月初已付去某母舅的會款若干元，送某姓的禮分若干元，其餘都留作家用；布匹替兩弟做了短衫褲各一身，衣料很是耐洗經用的。暑假大考，男僥倖列入優等，自問程度，很是慚愧。此後轉學，自必益加奮勉，以期不辜負我父親的希望。秋來氣候轉冷，望你保重身體！

兒子　某某　月　日

報告辦理嫁務

伯父大人尊前。敬稟者：前奉
訓言，藉悉局中稅務正忙，以致二妹出閣，不能返里，各事飭姪遵辦。茲將經過
情形，為
伯父一陳之。妝奩各物，不尚炫異矜奇，祇求經久耐用。故衣料均用國貨，箱
籠悉購舊式。所費數百餘金，幾無一舶來品者。二妹亦頗知大體，悉聽姪之所為。
吉期賀客盈門，姪均一一與之周旋，席間酬應，亦頗忙碌。此皆我　大人平日交
際之廣，有以致之也。新婿人極穩練，的是年少英俊。知關
廑念，謹以附聞。恭泐，虔請
福安。

姪　某某叩稟　月　日

【註釋】

妝奩：奩，音廉。嫁時器具衣服等稱妝奩。

【前函語譯】

伯父：

從前接到訓言，知道因局中稅務正忙，無暇回里，二妹嫁事，一切吩咐姪兒辦理。現在把辦理的經過情形，說給伯父聽聽。妝奩各物，不求新異，衹求經久耐用。所以衣料都用國貨；連箱籠也統統是舊式的。用去幾百塊錢，竟沒有一件洋貨。二妹也很知大體，一切聽姪兒的主張。到了出閣這一天，賀客很多；姪兒席間應酬，非常忙碌。這都是伯父平日的交際廣闊，才有這樣的場面啊！新妹婿人極老成幹練，的確是少年英俊。曉得伯父掛念，所以一併告訴你。

姪兒 某某 月 日

報告前方軍情

某某軍長鈞鑒：拜別

鈴轅，當即星夜率隊進剿。敵方負嵎抵抗，經我軍三面包圍，始受創潰散。是役也：俘獲悍賊百人；奪得槍械千餘，大炮五尊，機關槍數架。逆酋聞已渡江逃竄。現已派某營扼守要隘，某團向前追擊。仗我

帥威，殲茲醜虜。為國家除蟊賊，為黎庶奠安全，此其時矣。恐勞

廑憶，謹先稟聞，並請

勛安。

某某鞠躬

月　日

鈐轄：指督署言。

創：音窗，戕傷也。

悍賊：兇惡之謂。

酋：長也。

殲：音先，滅也。

虜：俘囚也。

奠：定也。

負嵎：嵎，音魚，山凹也。憑險而守曰負嵎。見《孟子》。

俘：音夫。凡因戰而獲敵之人物曰俘。

逆：叛逆。

竄：音爨，去聲，逃匿也。

醜：惡也。

蝥賊：猶言害蟲也。

【前函語譯】

某某軍長：

拜別之後，立刻率隊進剿，敵人負險抵抗，被我軍三面圍擊，才受了重大損失，四處逃散。這一回戰事，捉得悍賊百人；奪得槍械千餘桿，大炮五尊，機關槍數架。聽說敵方首領，已經過江逃走了。現下已派出某營扼守要口，某團向前方追擊。仗我大帥威嚴，定能滅盡這些悍賊。替國家除害；替百姓求安，這時機真不可失哩。恐勞大帥掛念，所以先寫這封信來稟告你。

某某　月　日

報告組織同學會

某某硯兄足下：客冬聚首，倏易寒暄。勞燕分飛，逼於境遇。此情此景，能不慨然！弟栗碌如恒，毫無足述。回憶聯牀共話，賞奇析疑，徒增離索之感耳！同學某君，近有組織同學會之發起，辦理已將次就緒。一方徵求學員；一方報告成立。

足下亦同學一分子，謹奉簡章數份。凡我同學有應行入會者，尚祈就近通知，冀收集思廣益之效。事屬團體行為，想

足下亦必樂予贊助也。手此奉告，即頌

教安。

弟　某某鞠躬　月　日

【註釋】

寒暄：主客酬答日寒暄。謂問天氣之冷暖也。

勞燕：《古詩》：『東飛伯勞西飛燕。』喻人之異地分居也。

栗碌：即忙碌意。

離索：離羣索居，謂獨處也。

【前函語譯】

某某先生：

去年冬裏會面後，天氣又變寒為暖了。勞燕一般的分飛，莫非各為衣食所逼。這種情景，怎能不引起我們的感慨！我一生忙忙碌碌，沒有一毫足述的地方。回想從前『聯牀共話』『賞奇析疑』的時候，徒然感到現在『離羣索居』的孤寂而已！同學某君，近來發起組織同學會，手續上已經將近完備了。一方面徵求學員；一方面報告成立。你也是同學當中的一分子，所以寄上章程數份。凡有同學應行入會的，望你就近通知，將來可收『集思廣益』的效果。這是關於團體的行為，想你也一定贊成的。

弟　某某　月　日

報告貨物滯銷原因

某某先生閣下。逕啟者：

貴廠運到絲織化妝各品，照收勿念，該品花樣新式，質地精美，恰合時下銷場。奈受某省軍事影響，市面蕭條，商家因此束手，以致各貨無不停滯。況化妝與絲織等品，值此銀根吃緊之際，較諸他貨為尤滯。交通現有數處斷絕，一時且不能分銷他埠。將來時局稍平，或可望其有起色也。恐勞

錦注，謹先奉

聞。此請

籌安。

弟 某某鞠躬 月 日

【註釋】

停滯：停頓留滯之意。

埠：商埠也。

錦注：尊稱他人之思念。

【前函語譯】

某某先生：

前天貴廠寄的絲織品和化妝品等，小號已照數收到，望你不要掛念。這項貨品花樣新式，質地又好，恰合時下的銷場，無奈受了某省軍事上的影響，市面極其冷落，商家因此束手，以致各貨沒一種不停滯。況且這兩種貨色，當這銀根吃緊的時候，比別種更要滯銷些。現在有幾處交通斷絕，一時而且不能分銷到別埠去。將來時局稍平，或者有起色的日子。我因怕你掛念，所以先寫信告訴你一聲。

弟 某某 月 日

報告賬款歉收情形

某某先生足下：握別登程，瞬經數日。月圓三五，始抵邗江。承

某號某某君竭誠招待，所有賬款，已領向各欠户收取。第大兵之後，十室九空，

滿目荒涼，情殊可憫。曠覩大勢，若催逼過緊，恐不免有倒閉情事。不如稍俟

轉機，或可從容籌措。故現已招集各欠户，准其減成歸款，於無可結束中，暫

作一表面結束。

先生明達，當必能曲體人情，俯為嘉納也。歸期不遠，餘容面罄。先此布達，

順頌

台綏。

弟　某某鞠躬　月　日

【註釋】

邗江：指揚州。邗，音寒。

【前函語譯】

某某先生：

握別登程，轉眼又十幾天了。十五這一天，我才到揚州，承蒙某號某某君的招待，所有賬款，已領我向各欠戶收取。但是大兵之後，十室九空，一種淒涼景況，實在是可憐得很。從大勢上看去，我若過於緊逼，即無異催他們關門。不如等時局稍有轉機，還可以指望逐漸歸清，所以我已經招集各欠戶，准他們減少成數籌還，於無可結束中，暫作一種表面上的結束。先生是明達的人，想來定能體貼人情，容納鄙意的。不多天我就要回來，所有一切瑣碎情形，到那時候面談罷！

弟　某某　月　日

報告兒女入學

某某夫君大鑒：昨展

手書，藉諗種切，不勝欣慰。家中自

重幃以下，均告安吉，勿念。茲啟者：大次兩兒，本同赴某經師處肄業。寒素

人家，有何奢望，但求略識之無，得能自立，於願已足。嗣以

大父之意，謂某兒志氣高尚，體質亦佳，置之闤闠，未免可惜。目下國難當頭，

惟以軍備為最重要；衛國衛民，咸資臂助。吾家千里駒，於某兒有厚望焉。因

命將大兒送入陸軍學校讀書。氏不敢重違其意，謹將入學情形，縷陳

左右。夫君當亦以　大父之所見為然也。肅此布意，順請

旅安。

妾　某某字　月　日

【註釋】

重幃：祖父母均在日重幃。

奢：音賒，遠也，過也。

大父：稱祖父。

闤闠：音還潰，市肆也，指商業。

【前函語譯】

某某夫君：

昨接來信，得知你在外一切的事，很為歡慰。家中翁姑以下都很平安，望你勿念。大次兩兒，本來同在某經師處讀書。像我們這樣寒苦人家，有甚麼奢望，不過希望能夠略識幾個字，將來能自謀衣食，那就心滿意足了。後因祖父的意思，以為某兒志氣還高，體格也強，進商店做學徒，未免可惜。現在國難當頭，只有軍備極關重要；保衛國家和人民，都須靠着它們。將來我家的千里駒，也惟某兒為最有望。所以要把他送進陸軍學校去讀書。我不敢違拗，故將入學經過告訴你。想你也不至於不贊成祖父的意見罷！

某某　月　日

勸兄弟和睦

某某譜弟台覽：辱承不棄，屢奉
惠書，親愛之忱，溢於言表，同胞手足，不是過也。惟近述
令昆玉鬩牆一節，似有不慊於心，某為吾　弟扼腕久之。然亦有當為　令兄原者：
竊思令兄自某事失敗後，業已有年，一家數口，待哺嗷嗷，景況之艱，已達極
點；若不與吾　弟商量，何處可呼將伯？其所以屢有齟齬者，迫於勢，非昧於理
也。略跡原心，吾　弟還當念同氣之親，扶翼而補助之。彼異時涸轍稍蘇，安必
無圖報之一日也。芻蕘之獻，統希　採納是幸！此請
履安。

愚宗兄　某某手啟　月　日

【註釋】

溢：音逸，流露也。

闃：讀如吸，闃牆，見《詩經》。

慊：音吃，快也，足也。

哺：音捕，食也。

將伯：喻幫助的人。

齟齬：音俎吾，意見不合也。

涸：乾也。

轍：音尺。涸轍，言魚在轍中將乾死。喻人之困難，等於魚在車轍中也。

芻蕘：謂樵夫也。《詩》：『詢于芻蕘。』

【前函語譯】

某某譜弟：

承你不棄，屢次寫信給我，同胞兄弟的親愛，也不過是這樣了。說到近和令兄失和，似乎覺得不快，我也很替你不平。然令兄也有可以原諒的地方。令兄自從某事失敗以來，已經多年境況為難，達到極點；若不和老弟商量，還有誰人幫助他呢？所以屢次和你有口角，是陷於情勢，不是不明白道理啊。略跡原心，吾弟還當顧念兄弟的情分，幫助他接濟他。他將來手中一寬鬆，又誰知沒有報答你的日子呢？粗魯的意見，你還是聽了我罷！

宗兄某某　月　日

勸注重體育

某某同學兄鑒：頃展

來書，藉悉　貴校所定課程，體育與文算並重，似有不愜於心；弟竊以為不然。

夫人有強健之身體，然後能求完全之學問。有完全之學問，然後能成美滿之事

業。體育即強健身體之一科也。學問欲求精進，事業欲求發展者，莫不注重體育。

足下在校未久，尚未知其效力，日後漸漸行之，自覺弟言之不謬也。耑函相勗，

並以自勉。此請

硯安。

弟　某某鞠躬　月　日

【註釋】

愜：音篋，滿意也。

【前函語譯】

某某同學兄：

昨天接到你的信，知你對於學校裏所定的課程，體育和文算並重，似乎有些不滿意；我卻以為不然，凡人們先要有健全的身體，然後能求完全的學問，有了完全的學問，然後能成美滿的事業。體育就是健全身體的一種科目。所以要求學問完全並事業發展的人，沒一個不注重體育的。你到校未久，還未能知體育的效力，日後漸漸做去，自然知道我的話是不錯了！

弟　某某　月　日

勸勿販毒品

某某仁兄先生大鑒：別未幾時，殊殷系念。邇聞
台駕抵申後，不特喜營投機事業，並大量販賣毒品；某竊期期以為未可，蓋利之
所在，弊即隨之。此等營業，在全無心肝之奸商為之，固不足責；
足下身家清白，資本富裕，堂堂整整之途，何事不可為，而經營及此；是不走
康莊大道，而行仄徑羊腸也，計誠左矣。叨在 愛末，用敢直陳。倘不河漢斯言，
速改絃而易轍。回頭是岸，猶未晚也。率泐，忽請
時安不既。

弟 某某鞠躬 月 日

【註釋】

期期：口訥也。
堂堂：冠冕之途。
整整：整齊之貌。
康莊大道：指大路正路言。
仄徑羊腸：指狹小之途言。
改絃易轍：言變更主張。
回頭是岸：言覺悟改悔，便可無愧也。

【前函語譯】

某某先生：

分別雖沒多時，念你卻很殷勤。聽說你近來到了上海，不但喜做投機事業，且公然販賣大批毒品；我卻以為大不然。大概事情有利必有害，利息越大，害人越深。這種營業，在毫無心肝的奸商去做，我們固然無從責備。足下身家清白，富有資本，堂堂正正的事業，哪樣不可做；卻要做這種事情；大路不走走小路，主意真大錯了。你我叨在知己，敢把直言相勸。如果你以我的話為是，從速改營別業。『回頭是岸』，還不算遲哩。

弟 某某 月 日

勸提倡國貨

某某先生雅察：昨詣
寶號，見陳列舶來品甚多，五光十色，大足發展營業。然鄙意謂外貨多銷一分，利源即多溢出一分，漏卮不塞，國何以裕？人當早鑒及此。況我輩向以愛國自命，提倡國貨自任；君今若此，亦未免令人齒冷。望速將原有貨物售罄，切勿再進外貨，庶供者既無以應，而求者自可漸希矣。挽回利權，捨此末由。相知雅託有年，用敢竭誠忠告，統希
垂察，不莊。

弟　某某鞠躬　月　日

【註釋】

溢：音逸，水外流也。

漏卮：卮，酒杯。利源之溢出，如酒之從卮中漏出也。

齒冷：笑我意。

【前函語譯】

某某先生：

昨天到你店裏，看見陳列的洋貨甚多，『五光十色』，大足使營業發展。但是我們多銷一分外國貨，就是多溢出一分利源，漏卮不塞，國家怎樣會富裕？這是誰也知道的！況且我輩向來把愛國自命，提倡國貨自任；你現在如此，難免要受人譏笑。望你趕快將已進此的貨色賣完之後，切勿再進外貨！我們不賣外國貨，買的人也就漸漸兒少了。挽回利權，除卻沒有別的法子。彼此交好多年，敢用這些直話來勸你；望你仔細考慮一下！

弟　某某　月　日

勸勿信風水

某某兄鑒：正深想念，忽奉
瑤章，藉悉
令尊葬事，迄未就緒，捫險探幽，絕少佳壤，大有『踏破鐵鞋無覓處』之慨。弟竊以為過矣。夫所謂風水者，非以先人骸骨，為我子孫造福也。但求風不侵，水不濕，得高燥黏固之地，以安我先人，於願已足。　兄能抱此宗旨，則牛眠吉地，即在目前。計不及此，而徒聽堪輿家言，則此也缺丁，彼亦少貴，眾說紛如，莫衷一是。而我先人入土之安，反因之而延擱。是豈孝子順孫之用心哉！狂妄之見，還祈　察核是幸。肅此，即請
大安。不既。

弟　某某鞠躬　月　日

【註釋】

捫：音門，摸也。

骸：音諧，骨也。

黏：音年，膩也。

牛眠：葬地之吉者。

堪輿：即地師。

【前函語譯】

某某先生：

正想念時，忽然接到你的信，因此曉得令尊的葬事，到現在還沒有成功，東尋西找，竟沒有找到一塊好地。我以為你錯了。那個風水的說法，並不是想靠了先人的枯骨，替子孫們造福的。祇要求一高燥堅固不受風水侵蝕的地方，拿來安葬我們的先人，那就心滿意足了，你能抱定這種宗旨，那麼好地倒就在目前。不從這裏着想，徒聽那地師的說話，甚麼這地沒丁，那地少貴，異說紛紛，反而弄得人沒有主意，先人『入土為安』的大事，竟因之而擱起。這是孝子順孫所應該的嗎？我的愚見，請你不妨考慮一下。

弟 某某 月 日

勸勿尚豔妝

某某賢姊妝次：昨途遇 貴校某同學，據言吾 姊在校，功課甚佳；大為快慰。惟近好修飾，殊屬非宜。『慢藏誨盜，冶容誨淫』，古訓所垂，吾 姊當亦聞之熟矣。不讀書者姑無論；我輩既入學校，即當以改良社會，以身作則為己任。自好修飾，他日何能作女中模範乎？願吾 姊聽予戇直，速改前行，則吾 姊為完人，而 貴校名譽，亦因之而門隆矣。專肅，即請學安。

妹 某某襝衽 月 日

【註釋】

慢藏誨盜：有物不藏，則盜賊生心，是不啻誨之也。

冶容誨淫：冶音野。冶容，裝飾也。

【前函語譯】

某某賢姊：

昨天途遇貴校的某同學，說你在校功課很好；我很是快慰。又說你近來歡喜裝飾，我以為很是不宜。『慢藏誨盜，冶容誨淫』，這是古人的格言，吾姊當亦聽得熟了。不讀書的人不去講他；我們既入了學校，就應當把改良社會，以身作則當做自己的責任。今日自己好裝飾，將來還能作社會的模範嗎？願你趕快聽了我的話，那麼吾姊是一個完人，貴校的名譽，也就可以日起了！

妹　某某　月　日

勸勿姑息子女

某某姑母大人侍右：暌隔

慈顏，瞬經數月。孺慕之私，與日俱積。敬維

福躬清泰，潭第延釐，為慰為頌！姪女閨幃伏處，從事針黹，稍分

慈母之勞；當亦　長者所樂聞也。昨某媽來，云及兩表弟不時逃學，

大人不加督責，反為優容；是非愛之，適以累之也。際茲競爭世界，無學問則

不能生存。兩弟正在求學時代，而可任其蹉跎乎？『少壯不努力，老大徒傷悲』；

日月易逝，大人幸勿以其年幼而姑息也。愚直之見，統希

採納，並乞恕罪是幸！肅泐，敬請

懿安。

內姪女　某某肅稟　月　日

【註釋】
孺慕：小兒之思慕父母也。
潭第：稱人之居宅也。
閨幃：謂閨中之帷幔也。
黹：讀如致，上聲。女工為針黹。
蹉跎：言歲月之枉費也。
姑息：謂待人以私愛，而不顧正道也。

【前函語譯】

姑母：

自從不見你的面，已經有幾個月了。思念你的心，真同日子一般的加多。你的身體和家庭，想來一定都很好！我在家裏，天天幫助母親做針黹；這話應該是姑母所樂聞的。昨天某媽來，說起兩表弟時常輟學，姑母不加督責；這不是愛他們，反是害他們了。當這競爭的世界，人沒有學問，是萬萬不能生存的。兩弟正在求學的時代，能夠聽其蹉跎麼？『少壯不努力，老大徒傷悲』；光陰實在容易過去，大人萬不可因他年小就姑息啊！愚直的說話，望你採納，並請勿要見罪！

內姪女　某某　月　日

勸勿自由離婚

某某賢姊惠覽：河梁握別，自春徂秋。魚雁雖通，能不悵然！側聞吾　姊時出遊散，不理家政，致夫婦間，時相反目。近更擬與姊夫離異；妹竊以為不可。夫自由固吾人應享之權利；法律亦吾人應守之天職。上事翁姑，下撫子女，均為婦女應盡之事。吾　姊均不之務，而任情遊覽；是自己已不守法律上之自由矣，家庭安有不干涉者乎？咎由自取，而猶以離異為要挾，宜乎否乎？狂謬之見，還祈

察核！此請

儷安。

妹　某某妝衽　月　日

【註釋】

河梁：分別處也。

徂：音鋤，往也。

反目：謂夫妻不和也。見《易經》。

咎：音舊，過也。

狂謬：狂妄荒謬也。

【前函語譯】

某某賢姊：

春間分別，轉眼又是秋天了。信雖常通，心中能不悵惘嗎？我聽到別人說你日常外出遊散，不理家事，夫妻時常爭吵。近更想和姊夫離婚，我以為這事，你太過分了。自由固然是我們應享的權利；但同時也應盡遵守法律的義務。事奉公婆，撫養子女，這都是女子應做的事。現在你不把這種事當事，一味任意外出遊散，是自己已不守法律上的自由了，家裏的人怎能不干涉你呢？你自己做錯了事，還要拿離婚來要挾男人，應該不應該？我的見解雖狂妄，望你細想一下才好！

妹 某某 月 日

第三編　人事類

聘西席

前耳
盛名，得親
雅教；自違
芝采，彌切葵傾。即維
某某先生著述宏富，教育賢勞，以欣以頌！弟舌耕如昨，了無可告。舍親某君，
邇因子弟眾多，就學他鄉，諸多不便；來歲擬聘一品學兼優之新人才，在家教
授，浼弟代為物色。因思
足下槃槃大才，學貫中西，克膺斯職；第枳棘叢中，不知鸞鳳肯為息駕否？如
承　金諾，弟當致函前途，束帛登門延請。薪金若干，乞
示遵行。叨屬知己，諒不責予冒昧也。手此布懇，即候
玉復；順請
撰安。

弟　某某謹啟　月　日

【註釋】

葵傾：嚮慕意。

舌耕：讀書人不種田，以舌代耕也。

物色：尋訪也。

槃槃：音盤，大器也。

膺：音因，承也。

枳棘：音只吉，有刺的樹。

鸞鳳：鳥名。喻人之有才者。

金諾：即季布一諾千金之意。

束帛：以一束之帛來聘也。

【前函語譯】

某某先生：

從前聽得你的大名，因此得親近你的雅教；自從分別以後，心裏非常傾慕。料想你的著作一定很宏富，從事教育也一定很賢勞。我在教育界，仍舊同從前一樣，沒有甚麼值得報告。茲有舍親某某，近來因家裏的子弟眾多，到他鄉去就學，很有許多不便；明年想請一位品學兼優的新人物，在家教授，特地託我物色。因此想到先生才大學博，學貫中西，承擔這個責任，資格很相當，但是這小小的位置，不知道大駕肯屈就嗎？如果蒙你答應，我當寫信給舍親，教他再下聘書。修金一項，請寫信告訴我。叨在知己，幸勿責我說得冒昧，特地奉請，望你回信！

弟　某某　月　日

聘經理

自違
芝采，倏易蟾圓，翹首雲天，曷勝惦念！即維
某某先生潭祺集吉，履祉凝庥，為慰為頌！某粉榆株守，靜極思動；更以友人相
勸，已合組一國貨公司，專以提倡國貨，改良土產為宗旨。目下投資入股者，
頗不乏人。惟經理一席，實難其選。經幾次會議，僉以
先生為商界先知，對於貨物之美惡，銷路之滯旺，均極有經驗。若肯俯就，咸
表歡迎。某因不揣冒昧，即將聘書及程儀等專足奉上。尚祈 不吝教益，惠然賁
臨，毋任企盼！敬請
籌安。

弟 某某鞠躬 月 日

【註釋】

蟾圓：蟾音船。相傳為月中三足蛙。蟾圓一次，即是一月。

惦：讀如店，上聲，謂思念之切也。

枌榆：指家鄉言。

僉：音籤，眾也，皆也。

賁臨：光臨也。

【前函語譯】

某某先生：

有一個月不見面，仰望雲天，能夠不想起你嗎？我在家鄉坐守，『靜極思動』；近來因為友人的慫恿，已經合組了一個國貨公司，專門以提倡國貨，改良土產為宗旨。現在投資入股的人很多。但要找一個擔任經理的人，倒很困難。開會議了幾次，大家說先生是商界的前輩，對於各種貨物的好壞，銷路的旺滯，都極有經驗的。先生如果肯俯就，同人都極歡迎。我因此就冒冒失失把聘書及程儀等，專差送上。請你不吝教誨，即日命駕，這是我們很盼望的。

弟　某某　月　日

聘顧問

某某先生執事：金陵聚首，得挹
芝眉，言必性情，語皆懇摯，欽佩私衷，楮墨難宣矣！某出宰邗江，愧無建樹。
邇以軍事倥偬，辦事更多棘手，每有我覺是而人以為非者；是皆指示乏人，無
所折衷之故耳。
執事槃槃大才，識超見卓，法律精通，擬屈以幕中顧問一席，藉收指臂之助。
茲特遣价奉上程儀百元，聘書壹紙，即希
惠然賁臨，襄助為理。感切盼切！敬頌
文祺。

弟　某某鞠躬　月　日

【註釋】

金陵：即南京。

懇摯：謂言語誠實也。摯，音至。

倥偬：音空聰，忙也。

棘手：猶言不順手也。

槃槃：大器也。

【前函語譯】

某某先生：

我在南京見到你，聽你的說話，很是誠實懇摯，心裏欽佩得很！現在我做了揚州的縣長，慚愧沒有一點兒好政績。近來又因為軍事倥偬，辦差更多棘手，每每有我以為是，人卻以我為不是的地方。這都是沒人指示，無從折衷的緣故。先生才高識廣，法律精通，我想請你做個本署的顧問，可以幫幫我的忙。所以特地差人送上程儀壹百元，聘書一封，望你肯立即命駕前來。那是我所很感激很盼望的。

弟 某某 月 日

聘教練

某某先生足下。敬肅者：敝所教練員某君，現因事辭職，尚未有人按充。第教練一席，至為重要，不可一日有缺。足下昔曾同事，學識夙所景仰。鄙意擬以此席奉屈，既駕輕就熟，亦人地相宜。想抱愛國熱忱，為後生先覺者，亦不願此譬士有一時失學之慨，當必能允如所請，幡然惠臨也。手此勸駕，不盡欲言；並頌
教安。

弟 某某鞠躬 月 日

【註釋】

皤：音翻，即翩然意。

【前函語譯】

某某先生：

我們警察所裏的教練員某君，已因事辭去，現在還沒有人補充。但是這個職務很重要，不可一日或缺。你是我的老同事，學問知識，向來很是佩服。我想把這個職務，請你擔任，既可說『駕輕就熟』，又好算『人地相宜』。先生向抱愛國熱心，又是後輩的先知，難道願意這些警士，有一時失學的痛苦嗎？想你一定可以允許我的請求，立即就任的。

弟　某某　月　日

聘校長

遠達
道範，每切馳思，翹企雲天，曷勝悵惘！辰維
某某先生著述宏富，桃李眾多，為無量頌！某承乏教職，於今三年，栗碌如恆，苦乏善告。茲以友人所託，某方新辦一實業學校，籌備已粗有端倪，惟校長一席，尚在虛懸，浼弟代為物色。因思研究實業有年，經驗智識均極富有者，先生而外，幾乎寥若晨星。為該校培植人才計，為國家實業前途計，先生當肯出其所學，以助成提倡實業者之進行也。是以不揣冒昧，專函勸駕，幸垂察焉；並希　玉復，順頌
台綏。

弟　某某鞠躬　月　日

【註釋】

悵惘：音暢，失意貌。

桃李：喻學生。

端倪：頭緒也。

【前函語譯】

某某先生：

別後極為想念，抬頭遠望雲天，心裏就悵惘起來了。料想你近來的著作一定很宏富，學生一定很眾多，更無須我說了。我自從執教鞭到現在，已有三年，仍是忙忙碌碌，一無成績可告。今因友人辦一所實業學校，一切手續將近完備，只有校長一席，還沒有找到相當的人，囑我替他物色。因此想起研究實業有年，經驗和智識都很富有的人才，除了你外，很是難找。我以為替該校培植人才，和我國實業前途上着想，那麼你應當拿出所學的來，助成那提倡實業的進行的，所以顧不得冒昧，寫信來勸駕；並請你給我一個回信！

弟 某某 月 日

聘技師

某某先生足下：分袂以來，君遊冀北，我滯嶺南，一紙音書，久疏申候，歉也何如！啟者：某前集合公司，開辦一某某工廠，行將數載，蠅頭未獲，馬齒徒增，殊不足為知己告。邇聞

尊駕新由某校畢業歸來，對於機械一門，極有心得。敝廠曾擬增設是項工作，嗣以人才缺乏而止。今知

足下學成回里，大慰吾儕雲霓之望，擬即延為主任；未識

先生肯俯就否？如承

金諾，當即親詣

台端，接洽一切也。瑣渺，順頌

文祺；即候

玉復。

弟 某某鞠躬 月 日

【註釋】

分袂：袂音妹。分袂，即分手之意。

冀北：指河北省。

嶺南：指廣東省。

蠅頭：喻利微也。

馬齒：謂年齡也。

雲霓：霓，虹也。《孟子》：『若大旱之望雲霓也』。

【前函語譯】

某某先生：

和你分手之後，你歸河北；我到廣東，一封信也沒有來候你，很是抱歉！我從前集股開辦某某工廠，做了幾年，一點兒好處沒有，徒然加了幾歲年紀，沒有甚麼可以告訴你。近來聽說你新從某校畢業回來，對於機械一科，極有研究。我們廠裏本想添辦這種工作，後因主任人才一時難找，才作罷論。現在知道你學成回來，大慰我們改造的渴望，想就聘你做主任；但不知肯委屈小就否？如果承你答應，我就即刻到你處來接洽一切。望你立即覆我一信。

弟　某某　月　日

僱乳母

某某表妹愛鑒：握別
蘭儀，彌般葭溯。遙想
錦幃春暖，繡閣香濃，允如忭頌！姊兒女纏膝，殊足為累。日前又舉一男，墮地
後乳汁即少，不敷哺飲，呱呱終日，情實堪憐。幸有某婦因事來舍，人頗老成，
乳亦濃厚，詢其能否外出，伊頗樂為乳母，月薪亦當即訂定，並說明昨日即來。
吾　妹與伊相近，務懇促其即日前來，以免吾赤子啼飢。有費　清神，容後晤謝。
肅此，順頌
閫安。

表姊　某某謹啟　月　日

【註釋】

錦幃：即綢幔。

呱呱：音孤，小兒哭聲。

【前函語譯】

某某表妹：

別後很思念你。料想你的錦幃繡閣中，一定是春暖香濃，十分舒服的！我兒女眾多，很是受累；日前又生了一男，墮地之後，就缺少乳汁，孩子哺得不飽，終日啼哭，實是可憐。幸虧有個某姓婦人因事到我家裏，人極老成，乳汁也濃，問她能否外出，她很願做乳母，月薪也當即說定；並訂明昨天就來。表妹同她的住處很近，請你催她一聲，免得小孩子時刻啼飢。費了你的神，等待會面時再謝你。

表姊 某某 月 日

辭經租

某某族長大鑒：昨奉

鈞諭，藉悉族中田事，乏人管理，委姪經手。姪何敢辭？第姪經商作嫁，為時已久，每年任務，重在秋冬；而田租之出納，亦適在此時。揆理度情，勢難兼顧，不得不以負負為

長者道。否則以祖宗之事，雖撥冗為之，亦所心願；寧敢有違

尊意耶？不情之請，統希

曲宥！敬請

尊安。

族孫某某謹叩　月　日

【註釋】

作嫁：唐詩：『為他人作嫁衣裳』。凡為他人作事，統曰作嫁。

負：音婦，上聲。自愧無以對人，曰負負無可言。見《後漢書》。

揆：音鬼，度也。

撥：必協切，讀如百，除也。即撥開之意。

冗：音勇，忙也。

【前函語譯】

某某族長：

昨天接到信，承你把族中的租事委託我經管，我本不應該推辭。但是我長在外面做生意，任務最重要的時候，就在秋冬兩季；而田租的出入，也恰在這個時候。揆情度理，實在是不能兼顧。所以不能不向長者呼『負負』了。如果不是這樣，祖宗的事情，儘管撥開了別種忙的事去做，也很願意的，還肯違背長者的意思嗎？這種不情的地方，千萬望你原諒！

族孫 某某 月 日

辭招宴

某某先生大鑒：數日不晤，正般遐想，辱承
寵招，榮幸何似！來日之約，本擬飽飫　郇廚，一快我朵頤之福；奈因　家慈病
篤，刻不能離，以致有辜
盛情。可知一飲一食，亦有數存乎其間。茲謹心領，泐此道謝，順頌
秋祺。

弟　某某鞠躬　月　日

【註釋】

郇廚：唐韋陟封郇，廚中美味錯雜，人入其中，皆飽飫而歸。後人多借為尊稱。

朵頤：朵，睹火切，多上聲。頤，音移。朵頤，謂齧物頤動也。見《易經》。

【前函語譯】

某某先生：

幾天不會面，正在想念你，忽然承蒙你招飲，真是榮幸極了！我本想明天到府叨擾你的盛饌，一快口福；無奈家母病重，一刻不能離開，所以不得不辜負你的盛情了。可知人間的一飲一食，也莫不有數。你的盛情，只好心領，特地寫這信謝謝你。

弟 某某 月 日

辭教員

某某先生惠鑒：維揚一晤，翌宿分袂。何相見晚而相離速也？別後即於某日抵澄，某日到校。下學期通盤預算，於學生則減去十之三，於經費則短少十之二。令友某君所擔任之補習科，照近狀而論，只有停辦之一法。務乞　轉致前途，另覓高就。好在　某君品高學粹，定然到處歡迎。即萬一賦閒，弟遇相當機緣，亦必有以報之也。肅泐，敬請

道安不既。

弟　某某鞠躬　月　日

【註釋】

維揚：即揚州。

翌：音亦。翌日，明日也。

澄：江陰。

賦閒：晉潘安仁有《閒居賦》。今稱失職無事曰賦閒。

【前函語譯】

某某先生：

揚州會晤，隔一天就大家分手。為甚麼我們相見得這樣晚，相離得又這樣快呢？別後我就在某天到了江陰，某天到校。下學期事，通盤預算：學生方面，要減去十分之三；經費方面，要短少十分之二。令友某君所擔任的補習科，照目下情形而論，只有停辦一法。請你轉告某君，另覓高就。好在某君品學兼優，定然到處歡迎的。即使萬一賦閒，我碰着有相當機會，一定要介紹他的。

弟　某某　月　日

辭夥友

兩奉
手書，備聆一是。比想
某某先生，起居康吉為頌！啟者：前承
介紹某君，為敝號招待，賦性樸誠，辦事勤謹；極資倚畀。奈敝號因受去歲戰事
影響，不得不縮小範圍，藉資節省。令知己一席，業已裁併；祈
轉囑別謀高就。好在青萍結綠，不虞賞識無人，幸勿以敝處之脫離而介懷也！抱
歉私衷，
諸希 曲諒！此請
台安。

弟 某某鞠躬 月 日

【註釋】

倚畀：畀，音陛。可靠意。
青萍：劍名。
結綠：玉名。
介懷：謂心有所不快也。

【前函語譯】

某某先生：

兩次接到你的信，各事都知道了。料想你老先生的起居，一定很是平安！前次你薦給我的招待員某君，性情誠樸，辦事也很謹慎；我很倚重他。無奈本店因受了去年戰事的影響，不得不縮小範圍，節省些開支，令知己的位置，現在已經裁併了；望你轉告一聲，別謀高就罷。好在像他那樣的才具，不怕沒有人賞識，不必因我處脱離，心中就覺得不快啊！抱歉之處，還要望你原諒！

弟　某某　月　日

辭合股

某某先生台鑒：昨展

大札，藉悉 銳意經商，擬在某埠倡設國貨公司。以挽溢出利源。股雖集有成數，第為山九仞，尚虧一簣，徵弟湊而成之；固所深願。但弟自經營某業以來，時運欠佳，屢遭失敗，所出資本，半付東流。原有營業，刻尚不能支持，發展一層，萬難希望。承 囑事祇得有辜美意，請另覓有力者為之也。方 命之愆，統乞 見原是幸！專泐，謹請

日安。

弟 某某手復 月 日

【註釋】

方：逆也。

愆：音牽，過也。

【前函語譯】

某某先生：

昨天接到你的信，知道你很努力經商，想在某埠創辦一個國貨公司，挽回那外溢的利源。股份已將近招足，要我出資湊成足數；本來是極願意的。但是我經營某業之後，時運不佳，屢次失敗，資本差不多蝕去一半。原有的事業，現在尚且不能夠維持，發展這兩字，實在是沒有指望。承你招我入股，不得不辜負你這一番好意，請另覓他人來助成你罷。一切望你原諒！

弟　某某　月　日

辭出遊

某某賢姊惠鑒：兀坐書齋，正般遐想，忽一片朵雲，自天半飛至。開緘快誦，愜我心懷。明日星期，約赴某園一敍，藉暢胸襟，大是快事！奈妹自到校以來，屢為病魔纏擾，所受各課，僅涉獵而未經深究。刻復大考在即，設有疎虞，不特於班次小有出入，即於平時之學業程度，實有莫大關係。以故功課餘閒，不得不稍事補習。此妹近日不能出遊之實在情形也。攜手同遊，願俟之異日。肅泐，即請

妝安。

妹　某某斂衽　月　日

【註釋】

朵雲：謂信也。

愜：音篋，滿也，快也。

魔：音摩。病魔，猶云病鬼。

纏：音廛，牽擾意。

涉獵：略視一過之意。

【前函語譯】

某某賢姊：

獨坐書房中，正當想念你，忽然你的信從遠處寄到。看了很是高興。明天星期日，約我至某園一敘，藉此暢達胸襟，大是快事！無奈我從到校之後，病不離身；所上的課程，僅略為看過，沒有用過一些研究功夫。現在大考又在目前，倘有疏忽，不但不得升班，且對於平日間的學業程度，也很有關係。所以在課外時間，不能不略為補習。這是現在不能出遊的實情啊。和你攜手同遊，只好等着將來的日子罷。

妹 某某 月 日

辭兼職

某某賢姊惠鑒：客窗沉寂，正感離羣，乃
手書適至。其快慰為何如也！　貴校縫紉教員，因事去職，囑妹暫為兼代；事屬
桑梓義務，理宜遵　命履行。奈敝校因經費問題，教員額少，所任各職，均無餘
力以補助他方。更兼妹學識淺陋，承　委庖代，決難勝任。還祈另覓相當人物。
方　命苦衷，統祈　原宥！手此布復，並請
教安。

妹　某某裣衽　月　日

【註釋】

沉寂：猶言冷靜也。

離羣：孤寂之意。《禮記》：離羣索居。

縫紉：紉，音刃。縫紉，手工針黹科也。

桑梓：梓，音止，家鄉也。《詩經》：『維桑與梓，必恭敬止。』

額：定額也。

庖代：請人代事曰庖代。

【前函語譯】

某某賢姊：

客中清冷，正恨孤寂，你的手書，恰巧在這時候寄到。真快慰極了！貴校的縫紉教員辭職，要妹暫代；這是家鄉義務，極應該遵命的。無奈敝校因經濟困難，教員向來比別校少，所以各人擔任的功課，都沒有餘力可以補助別方。況且我的學識，又很淺陋，承你委我兼代縫紉這一課，實在是擔任不下的。所以只有請你另覓相當的人物。我的苦衷，望你原諒為幸！

妹　某某　月　日

詰問族中公款

某某賢弟惠鑒。逕啟者：我族家廟，何以議建許久，迄未興工？致函探問，據云因　弟處公款不能支用，須另行捐丁，方克舉辦。兄聞之，不勝駭異！夫以祖宗之款，為祖宗建祠，亦屬分所當然。今吾　弟措不交出，豈以款項一經存放，即不能動用耶？抑一族公款，可視作個人私有耶？公理所在，人不能恕。尚祈　從速措繳，以應建築之需，愚直之言，統希　採納，是為至幸！肅泐，即問

邇祺。

愚宗兄　某某手啟　月　日

【註釋】

揹：音壆，把持也。

【前函語譯】

某某賢弟：

我族要建築祠堂，何以議論了許久，現在還沒有興工？我曾經寫信去問，據族中人說：因存放你處的公款，不許動用；必須另行捐丁，才能興工建築。我聽了很是駭怪！我們拿祖宗的錢，造祖宗的屋，這是應該的。現在你不肯將這公款交出，難道款子一經你手存放，就不能動用麼？還是一族的公款，可算得你的私有呢？公理所在，大家是不能寬恕你的。望你將這款趕速籌足交出，拿去作建築的用費。愚直的說話，望你採納為幸！

宗兄 某某 月 日

詢問地方情形

某某仁兄閣下：闊別良久，思念為勞。但地角天涯，徒增悵惘耳。遙維
政躬篤祜，履祉馨宜，為慰為頌！敝邑土瘠民貧，各事依然守舊。弟於本年某月
日，到此任事，目擊情形，亟思有以誘掖而改良之。但學淺才疏，恐難奏效。
尊處民情若何？地方實業若何？出產向以何者為大宗？得
大才為之整理，必有因地制宜之策，所謂『庖丁解牛，游刃有餘』也。　公餘乞
詳示一切，以作先機之導，而備借鑑之資。鱗鴻有便，竚候
明教。敬請
勛安。諸維　愛照。

弟　某某鞠躬　月　日

【註釋】

庖丁解牛兩句：見《莊子》。譬人之辦理此事，綽有餘裕也。

借鑑：謂以他人之事為法也。

【前函語譯】

某某仁兄：

好久不見，念你得很。不過相離很遠，無法聚首，徒然加一重悵惘罷了。敝縣土瘠民貧，事事守舊。我在本年某月某日到這裏任事，看着這種情形，就想誘導他們去改良。但是學淺才疏，恐怕難於奏效。你那邊民情怎樣？地方實業怎樣？出產向來把何種算大宗？有你在那裏整理這一切事情，一定有『因地制宜』的妙策，合於所謂『庖丁解牛，游刃有餘』的。公餘請你寫一封詳細的信來，開導開導我，給我當作榜樣。

弟　某某　月　日

詢問學校停辦原因

某某校長先生文鑒：昨有某友自　貴縣回，據述　貴校業已停辦。聞之頗覺怪異。竊思學校以經濟為前提，而　貴校辦有的款；以學生為主體，而　貴校生徒足額；以名譽為進退，而　貴校聲聞素隆：以上列各端而論，均不至發生障礙。而今忽以停閉聞，當必有特別之原因在焉。弟相知有素，故於　貴校已往情形，知之最詳。現在究因何故而中止？尚乞詳密　示復，俾知底蘊，不勝企盼。順頌

文祺。

弟　某某拜啟　月　日

【前函語譯】

某某校長：

昨天有某友從尊處回來。說起你們的學校現已停辦。我聽了很是駭怪。辦學校的為難，第一是經費；但是你辦的學校是有的款的。第二是學生；但是你校的學生額子很足。第三是名譽；但是你校的名譽向來很好。把上列各端而論，都不至於發生障礙。如今竟然停辦，個中當然有特別的原因了。我和你是多年的老友，所以對於貴校的經過情形，是很明白的，現在究竟為甚麼緣故停辦？還望你把底細告訴我！

弟　某某　月　日

探問罷課原因

某某先生講席：久未握敍，企念良殷。離羣索居，彼此諒有同感也。

貴校近日聞有罷課風潮；據云訓育處不問理由，開除多數學生，激成此變。然乎否乎？夫學生囂張之風，固不可長；而訓育處措置，亦須準情酌理，俾學生心悅誠服。然後學校之名譽以起，學生之性情日粹。所謂潛移默化，以底於成也。

貴校罷課原因，究屬如何？還乞

詳示，俾調入有所措手，庶一誤於前，不至再誤於後。

先生以為何如？匆泐，即請

撰安。

弟　某某拜手　月　日

【註釋】

囂張：不安分意。

措置：料量事件之稱。謂操守各得其宜也。

潛移默化：漸漸移動，暗中化導也。

措手：着手之意也。

【前函語譯】

某某先生：

好久不敘，想念得很。孤寂的苦況，想來大家是一樣的。聽說貴校近日又起了罷課風潮；因為訓育處不問理由，開除多數學生，激成這樣事變。這話究竟確不確？那學生囂張的風氣，本不可以放任；但是訓育處辦事，也應該準情酌理，才能叫學生們心悅誠服。這樣，學校的名譽自然會好，學生的性情也自然會純粹了。所謂『潛移默化』的成績，就是如此。貴校這次風潮，究是何種原因？請你詳詳細細告訴我，使得調人有着手之處，不至於再有差錯。上面所說，不知你以為怎樣？

弟 某某 月 日

問礦質與礦苗

某某先生執事：重洋返國，把晤未遑，翹企

芝輝，正殷葭溯。昨奉

瑤函，欣悉

先生擬組織一煤鐵公司，購置某省礦山試辦；囑弟代招股分，曷勝榮幸！第不知

該山礦質是否純粹？礦苗是否興旺？誠於中者，必形諸外；先生精通礦學，必

知底蘊。望將化驗成分，詳細

示知：內部含鐵若干？含煤若干？庶介紹人得有把握，入股者則自形踴躍。是

亦實事求是之一法也；

先生以為何如？瑣泐奉詢，即請

時安。

弟　某某謹復　月　日

【註釋】

把握：謂事已確定者，曰有把握。

【前函語譯】

某某先生：

你從外洋回來後，還未得暇晤談，正在想念中。昨天接到你的信，知你要組織一個煤鐵公司，購置某省礦山試辦；託我代招股份，真個說不盡的榮幸！不過不曉得這山的礦質，是否純粹？礦苗是否興旺？內容美惡，外面必顯；你是精通礦學的人，一定曉得這礦的內容。望你拿這化驗的成分，詳細告我：究屬有鐵幾成？有煤幾成？這樣，我對人說話有了把握，入股的人，也自然來得踴躍了。這是實事求是的法子；不知先生以為怎樣？

弟 某某 月 日

問新繭市面

某某先生案右：鄉關一別，轉瞬麥秋。彈指流光，令人生感！現屆蠶事已終，
我省競告有秋。昨閱海上各報，藉知歐西諸國，因天氣驟寒關係，收成均歉。
鄙意我國新繭上市，價必有增無減。
先生業此有年，市面較靈。此後市價能否立定？抑仍有起落？尚祈
示我以已往之經驗，作我未來之標準。乘勢待時，維君馬首是瞻矣。耑布，祇頌
台綏；並候
玉復。

弟　某某鞠躬　月　日

【註釋】

麥秋：四月節。

有秋：年成好，統日有秋。

乘勢待時：《孟子》：『雖有智慧，不如乘勢；雖有鎡基，不如待時。』

馬首是瞻：喻唯命是聽意。《左傳》：『維余馬首是瞻』。

【前函語譯】

某某先生：

故鄉一別，又到麥秋天氣了。光陰迅速，不由不令人生感！現在蠶事已畢，我省收成不壞。昨天我看到海上各報紙，知道歐洲各國，因天氣驟然寒冷，收成都不大好。我想：我們今年新繭上市，價格一定有增無減。你經營這種事業已有多年；比較我們熟悉市面。此後繭價能否立定？或還有漲落？望你將過去的經驗告訴我，做我未來的標準。看風勢，等機會，我是唯先生之命是聽的。

弟　某某　月　日

問甥女病狀

某某賢姊妝次：久不聚晤，系念深矣。頃某媽來，云及　賢甥女自旅行還，即寒熱交作，熱盛則且多囈語。吾　姊疑是祟病，祇延女巫祈禱，而不求治於名醫。妹竊以為不然！蓋吾人熱度過高，神經必亂，語無倫次；熱退則囈語自止。醫書載之綦詳，吾　姊豈未之聞？邇日病勢可稍退否？如仍沉重，祈速請名家診理，勿為迷信所誤。愚昧之見，還祈　採納！臨風布意，不盡所懷。此請

閫安。

妹　歸某某郡謹上　月　日

【註釋】

囈：音藝，昏迷之語。

祟：音歲，鬼神禍人以求食也。

綦：音奇，極也。

【前函語譯】

某某賢姊：

許久不聚，很是思念。恰才某媽來，說及賢甥女從旅行回來，就大發寒熱，熱盛且多囈語。姊姊疑是邪神作祟，祗延女巫祈禱，獨不請醫生診治。我卻很是反對！大概人的熱度過高，神經必定錯亂，說話就沒有秩序；熱退自會照常。醫書中載得很詳細，難道姊姊沒有聽見過？現在病勢怎樣了？如果還是沉重，趕緊請好醫生看，不要再被迷信耽誤。愚昧的見識，總要望你採納才好！

妹 某某 月 日

問乳母已否僱到

某某賢姊愛鑒：月前在

府，諸多叨擾，嘉肴美酒，至今猶留芬齒頰間也。返里後，為小女部署嫁務，

月初始得竣事。向平素願，雖經了卻，而挖舊補新，已覺支持不易矣。聞吾

姊於某日分娩後，乳汁無多，擬僱乳母；日來未知僱得否？乳母應擇體無隱疾，

品性純正者為佳。蓋小孩受其撫哺數年，身體性情，大有關係。吾儕欲愛護兒

童，不可不慎以取之也。是否有當，統祈

察核！順請

儷安。

妹　歸某某郡某氏手啟　月　日

【註釋】

部署：料理也。

竣：音詮，完也。

向平：漢向長字子平，為男女婚嫁畢，即出遊五嶽，不知所終。

娩：音免，生子也。

【前函語譯】

某某賢姊：

月前在你府上，叨擾你的盛餚，我的齒頰間，到現在還留着餘味。到家就替小女料理嫁事，月初才辦畢，向平的願雖了，卻很覺得吃力。聽説姊姊於某日分娩之後，乳汁不多，打算僱個乳母；不知道近來幾天有沒有僱到？但是乳母應該揀個身無隱疾，品性純正的為最好。因為我們小孩子要受她撫育幾年，乳母的身體性情，都是很有關係的。我們要愛護小孩，不可不小心從事。我的話對與不對，望你加以考慮！

妹　某某　月　日

謝調停訟事

某某先生台鑒。逕啟者：弟前與家兄糾葛一節，彼固僭越過分，我亦意氣自豪；非先生出任魯連，幾至變起鬩牆，操戈同室。所謂同氣連枝之誼何在！事後思維，豈吾輩所宜出此者。先生感以親情，激以大義，平我一時之憤，玉成手足之和，先生之功偉矣；先生之恩，其可忘乎！感泐之餘，肅函鳴謝；並請

道安。

弟　某某鞠躬

月　日

【註釋】

糾葛：纏結不得解決也。

僭越：據為己有也。僭，音薦。

魯連：即魯仲連，古之善調停者。

鬩牆：爭鬥於牆裏也。《詩經》：兄弟鬩於牆，外禦共侮。鬩音歇。

操戈：持器爭鬥也。兄弟相爭，謂之同室操戈。

同氣：《千字文》：同氣連枝。

一脈：謂同一父母所生也。

【前函語譯】

某某先生：

我前次同家兄交涉的那件事，他固然過分，我也不免負氣；不是先生出來調停，竟是弄得兄弟失和了。還有甚麼『同氣連枝』的情誼呢？事後思想，覺得很是不該。先生用親情感動我，用大義激勸我，平我一時的憤恨，成我兄弟的和好，先生的功真不小；先生的恩惠，怎麼可以忘記呢？心裏感謝不盡，所以寫封信來謝謝你。

弟　某某　月　日

謝介紹生意

某某先生台鑒。逕啟者：自敝處慘遭兵燹後，逃避他方者，尚未盡歸。身家殷實者被刦一空，生計之艱，不堪言狀！弟困守鄉關，片籌莫展，大有水盡山窮之概。

幸

先生一言九鼎，介紹入某肆司賬，一身既得温飽，舉家亦藉免飢寒；戴德銘心，曷其有極！肅函鳴謝，敬請

台安。

弟　某某鞠躬　月　日

【註釋】

水盡山窮：喻無路可走也。

一言九鼎：喻其言之重而有價值也。

【前函語譯】

某某先生：

我鄉自從遭了兵燹之後，逃避他方的，還沒有全數回來。身家殷實的，被亂兵搶劫一空，生計都艱難到極點。我困守鄉間，沒有一點兒法子可想，將應着『水盡山窮』的那句話。幸虧你薦我到某店裏去司賬，一身既得飽暖，全家也不至於凍餓；此恩此德，感激你哪有盡期！今天特地寫封信來謝謝你。

弟　某某　月　日

謝委任職務

某某仁兄先生大鑒：前於赴杭途次，遇敝友某君，述及
足下高誼，某君感沁心脾，並云
尊意不棄菲材，即擬委以要職。聞悉之下，感與愧俱！蓋重要位置，職責重大，
非富有學識與經驗者，曷克勝任。自維庸才，何敢奢望！昨在滬寓，果奉有
委任某某銀行監督之電。足徵
知己愛我，迥異尋常，汲單寒而得操財政，誠喜出望外矣。敢不潔身奉職，藉
答　知遇之恩！下月初旬，定當趨謁　崇階，面聆一切
指教，以便前往接任。先肅鳴謝，敬請
勛安。

弟　某某鞠躬　月　日

【註釋】

感沁心脾：言感德之深也。以物探水曰沁。

汲：音急。汲引，猶言提拔。

【前函語譯】

某某仁兄先生：

前在赴杭的路上，碰見某友，他說你待他情誼很厚，心中十分感激。並說起你對我的意思，想把一個要職給我。我聽了之後，很感激又很慚愧！因為好的位置，責任極重大，非富有學識和經驗的也擔任不起。我自問才識平庸，哪敢有這種奢望！昨天在滬寓裏，果真接到你委任我做某銀行監督的電報。足見知己愛我，和別人不同。由寒士中提拔出來，管理財政，真喜出望外了。敢不潔身供職，報答你的知遇！下月初旬，一定前來拜候你，領了你的一切指教，以便前去接事。特地寫這信來謝謝你。

弟　某某

月　日

謝賀開機器廠

某某先生惠鑒：昨奉

手書，並隆儀多種，拜領之餘，曷勝慚感！竊思某等自出洋回國，一知半解，實驗殊少。茲辦是廠，不過糾合諸出洋同志，各獻所長，藉資練習而已。將來出品之是否適用？銷路之能否發達？前路茫茫，殊難逆料。而

先生獎之勵之，謬以我廠為製造之先導，實業之基礎；未免愛之太殷，望之過大矣。略述愧辭，並伸謝悃。此請

撰安。

弟　某某鞠躬　月　日

【前函語譯】

某某先生：

恰才接到你的信，並禮物多種，愧領之下，又是感激。我們從出洋回來，所得的一知半解，試驗的功夫極少。現在創辦這個廠，不過糾合那些出洋的同志，各人拿出學到的本領，大家來練習練習罷了。將來製造的貨物是否合用？銷路能否發達？那是料不定的。而先生很獎勵我們，竟看得我們的廠是製造的先導，實業的基礎，也未免愛得太過，望得太大了。實在慚愧得很！但很感謝你的好意。

弟　某某　月　日

謝薦教員

某某賢姊奩次：頃奉
芳緘，辱承多方噓拂，得借一枝。銘感
高情，曷其有既！伏思妹才淺學疏，安敢妄作出山之想。祇以嗷嗷多口，拙夫維
持頗艱，目睹情形，妹不得不助謀生計。今承
推薦講席，俾贍養有資，拙夫得輕負擔，皆
賢姊之賜矣。肅此布意，並鳴謝忱。順請
妝安。

妹　某某謹上　月　日

【註釋】

噓拂：音虛弗，說項之意。言說事之成，如春風噓萬物以生長也。

得借一枝：言人之就事，如鳥之棲一枝也。

嗷嗷：待哺意。

贍：音占，足也。

【前函語譯】

某某賢姊：

恰才接到你的信，承你多方設法，已替我謀得一個職務。這樣的盛情，實在感激不盡！我才疏學淺，怎敢妄作出門做事的思想。祇為着人口眾多，拙夫一人確難維持，看了這種情形，不得不設法幫助他。如今承你介紹了這教員位置，使得贍養有資，拙夫減輕負擔，這都是賢姊的恩惠了！我把實情告訴你，並且表示我的謝意。

妹　某某　月　日

第四編　交際類

問候教師

夫子大人函丈：山河間阻，音問久疏。瞻仰
絳幃，輒深神往。敬維
文祺暢茂，著述宏多，為頌無量！受業抵京後，考入國立北京大學，研求國學，
隨班上課，不敢荒怠。同學三百餘人，尚稱莫逆。回憶立雪
程門，備承
教誨；今雖得升新校，而感念
師恩，非言能喻。倘蒙 不遺在遠，時錫箴言，他日倘得寸進，亦皆受吾
師之賜矣。耑肅奉候，敬請
教安。

受業 某某某謹稟 月 日

【註釋】

絳幃：即絳帳，師之尊稱。見《後漢書》。

莫逆：謂同心相契也。《莊子》：相視而笑，莫逆於心。

立雪程門：宋游酢、楊時，初見程伊川。伊川瞑目而坐，二子侍立不去。既覺，謂二子曰：賢輩尚在此乎。今既晚，且休。及出門，門外雪深三尺。

【前函語譯】

某某先生：

我和你遠隔山河，好久不通音問了。心裏卻時時在想念你。你近來一定身體康健；著作宏富。我到了北京，僥倖考入北京大學，專門研究國學，跟着大眾上課，一天都不敢荒怠。同學三百多人，彼此也還要好，追想從前在你門下讀書，蒙你殷殷勤勤的教導我；我現在雖升入新校，但是感念你的恩惠，總覺得不是言語可以形容的。倘若你不以我為離開得太遠，還常常寫信來教訓我，那麼我將來如若有寸進，也都是你的恩惠了！

學生　某某　月　日

問候同學

某某同學兄偉鑒：久違
叔度，鄙吝復萌。近維
起居迪吉，為頌！弟自
兄別後，離索寡歡。每念昔日臥則聯榻，坐則同席，談今說古，相與論文，其
愛好為何如耶！今則兩地暌違，末由會晤，又誰可析疑而賞奇乎？倘
足下不以形跡之聚散分疏密，尚望　修業餘閒，示我心得；則彼此雖隔，無殊覿
面矣。專此即請
學安。

弟　某某謹啟　月　日

【註釋】

叔度：黃憲字。陳蕃謂不見黃生，則鄙吝復萌。

離索：離羣索居，謂散而獨處也。見《禮記》。

賞奇析疑：古詩：『奇文共欣賞，疑義相與析。』

【前函語譯】

某某學兄：

好久不見你，就和陳蕃不見黃憲一般了。料想你的起居很是安好，定然合着我的祝頌！我自從和你分別之後，真所謂『獨處寡歡』。每每想到從前和你同在一校，聯床同席，說古談今，是何等的愛好啊！現在分居兩地，還有哪個和我研究學問呢？你如果不把形跡上的聚散作親疏，我還望你在課後把平日所有的心得告訴我。那末你我雖居兩處，就同常見面一般了。

弟 某某 月 日

問候同事

某某先生閣下：道遠事，繁未遑箋。候昨晤　令親某，君藉悉
起居佳勝，慰甚！弟來分號月餘，不獲時聆
教益，隕越堪虞。所幸　故人情重，不棄寒微；尚祈不時
賜教，開我茅塞。敝處入冬以來，銀根奇緊，市面亦呈蕭條之象。不識　尊處如
何？便中敬希　示及為禱！耑肅，敬請
籌安。

弟　某某謹啟
月　日

【註釋】

隕越：顛墜之義。《左傳》：『恐隕越於下』。

寒微：謂貧賤無勢力者也。

蕭條：寂寥貌。

【前函語譯】

某某先生：

近因路遠事多，沒有寫信候你。昨天遇見令親某先生，他說你的身體很好，我聽了非常安心！我到這裏分店雖有一個多月，情形還不熟悉，各事常恐怕做錯。幸而有你可以請教，還望你常常寫信指導我。這裏入冬以來，銀根奇緊，市面也不大熱鬧。不曉得你那邊怎樣？便中望你告訴我！

弟 某某 月 日

問候經理

某某先生閣下：自違
雅教，倏已數句！敬維
籌祉綏和為頌！弟承
先生盛情，調至分號任事；初到店中，百事茫然，現已漸有頭緒。歷年舊帳，
亦均入手清查，大約至本月底可以竣事矣。恐勞
錦注，特此布陳。專肅，敬請
台安。

弟　某某謹啟　月　日

【註釋】

茫然：無知貌。

竣：音詮，完也。

【前函語譯】

某某先生：

不見你的面，已經有幾十天了。前次承你的好意，調我到分號裏來辦事；當初到的時候，各事都不清楚，現在已漸漸兒有頭緒。歷年進出的老帳，也都在這裏清理，大約到本月月底，都可以查清了。生怕勞你記掛，所以特地寫這封信來告訴你。

弟　某某　月　日

問候舊友

某某吾姊文几：自別
芳顏，彌殷葭溯。知己如　姊，想彼此同之也。妹歸家後，原擬下學期繼續讀書；
嗣以　母命難違，已於某月某日適京中某氏。遙望家山，時縈夢轂！回憶在校之
日，與吾
姊燈前並讀，花底聯吟；今則家務羈身，欲求如昔日清閒之樂，已不可得。事
過境遷，感慨係之矣！關山遠隔，不識吾
姊近來身體如何？春風多便，尚祈　惠我數行，以慰下念。紙短情長，不勝盼禱。
專肅，敬請
學安。

妹　某某謹啟　月　日

【註釋】
適人：女子出閣曰適人。
家山：家鄉也。見蘇軾詩。

【前函語譯】

某某姊：

自從分別以來，我沒有一天不思念你。知己如你，想來是一樣的。下學期我本想仍舊讀書；後因家母的命令，已於某月某日于歸京中某氏。家鄉的風景，只能常常在夢中遊了！再回想到我們在校的時候，燈前並着肩兒讀書，花下攜着手兒吟詩；現在凡有零碎的家務，都要我去料理。再要享從前那種清福，已不可能了。事過境遷，能不引起我的感慨嗎！我們相隔很遠，不知近來你的身體怎樣？有便請你寄封信來，我在這裏盼望着你！

妹　某某　月　日

問候新交

某某賢姊惠鑒：前在某處，深慰識荊；日昨邂逅相逢，幸何如之！惜爾時彼此各以事故，不克暢談，殊深悵惘！際此三伏暑中，炎威逼人正甚，惟想吾姊起居，定多佳勝。冰紈招涼，荷亭消夏，較妹困守蝸廬，欲謀逭暑而乏術者，相去奚啻霄壤。倘蒙 不棄，惠我 德音，曷勝感盼！專肅，敬頌暑祉。

妹 某某謹上 月 日

【註釋】

邂逅：不期而會也。《詩》：邂逅相遇。

悵惘：失意貌。

冰紈：謂夏扇也。見《琅環記》。

蝸廬：舍如蝸牛殼，故日蝸廬。蝸廬未卜安。見駱賓王詩。

逭：音換，逃避也。避暑日逭暑。

【前函語譯】

某某姊：

自從在某處認識了你，已非常快樂，昨天我們又不期而遇，是怎樣的幸運！可惜那時大家都有事情，不能談個暢快，很覺得悵悵！現在天氣正當炎熱，料想你的起居，一定很好。冰扇招涼咧，荷亭消暑咧，這種清福，比較我住在蝸殼似的房屋，要想避暑沒有法子的，真個有『天淵之別』了！倘若蒙你看得起，請你寫封信來給我，我真感盼得很哩！

妹　某某　月　日

祝父壽

河山間阻，定省久疏。昨奉

訓言，敬悉我

父親今年七十誕辰，概不舉動，已將筵資若干元，移賑某處水荒；為國家拯災

黎，為子弟 培德澤，仁人之心，固如是也！但

大人雖不願從事稱觴；兒輩不得不略盡子職。當

懸弧吉日，已訂定堂名兩班，翅筵十桌，約二三知己，戚族數輩，借兕觥以稱慶，

祝鶴算之綿長。伏乞

俯如所請，而勿以繁費責之，則幸甚矣！耑肅叩稟，覆請

金安。

男　某某百叩　月　日

【註釋】

懸弧：指生日。《禮記》：『男子生，設弧於門左』。

堂名：樂班也，亦稱清音班。蘇杭等處有之。

兕觥：酒杯也。《詩經》：『兕觥共觩』。

鶴算：鶴壽甚長，故祝壽曰鶴算。

【前函語譯】

父親：

路途遼遠，做人子的職分，已經疏忽久了。昨天接到你老人家的信，才知道今年七十歲生辰，概不舉動，筵資若干元，已經充作善舉；替國家拯災民，替子弟培德澤，仁人的心，本來是這樣啊！但是你老人家雖然不願慶祝；做兒輩的不得不盡一點兒孝意。當生辰這一天，已經說定了兩班堂名，十桌翅席，約幾個知己朋友，及常聚的親戚，借了杯酒，祝老人家壽數千秋。望你老人家準如所請，勿嫌兒輩繁費，就歡忭萬分哩！

兒子　某某　月　日

賀克復險要

某司令鈞鑒：前以某省外寇侵入，據險負嵎，人民被其蹂躪，地方為之擾亂，急電傳來，輦轂震驚。我公奉命出征，力兼剿撫，不匝月而次第肅清。國家張撻伐之威，閭閻獲乂安之慶，膚功克奏，生佛萬家矣。某忝列戎行，未隨鞭鐙，側聞捷音，雀躍奚如！專肅寸椷，虔頌凱安，並申賀悃。諸希垂察，不莊。

某某謹啟　月　日

【註釋】

負嵎：嵎，山曲也。負，憑依也，謂得地勢。見《孟子》。

蹂躪：猶踐踏傷害之也。

輦轂：京師也。

膚功：膚，大也。膚功，謂大功也。見《詩經》。

生佛：司馬光，人稱萬家生佛。

【前函語譯】

某某司令：

前次某省的外寇侵入，靠着那山曲的險要，殺害人民，擾亂地方，萬急的電報傳來，京城裏也很受驚恐。我公奉了國家的命令出征，當剿的剿，當撫的撫，不上一個月，竟能夠一律肅清。國家張撻伐的威嚴，人民享安全的幸福，有了這樣的大功，人民都當你『萬家生佛』看待了！我慚愧列在戎行，不能夠跟你前往。但聽到了你的捷音，很是歡喜，所以專誠寫這信來賀你。

某某　月　日

賀新任顯職

某某先生鈞鑒：都門話別，已一易寒暑矣。昨晤某君，述及

先生榮任某縣警察所所長，聆悉之餘莫名歡忭！竊思辦理警務，首在巡士得人；

然巡士之優劣，全視乎所長之賢否而定。

先生為警界先知，夙抱有治安宏願；保障閭閻，緝寧鄉里，今可展厥所長矣。弟

自慚下乘，建樹毫無，惟有遙望

故人，寸衷豔羨耳，肅函叩賀，並頌

新祺不一。

弟　某某鞠躬　月　日

【註釋】

緝寧：安寧也。

下乘：駑馬也。喻低微之意。

【前函語譯】

某某先生：

我們在京城裏分別，光陰迅速，又是一年了。昨天會見某君，他說你新近做了某縣警察所所長。我聽了心裏非常的歡喜。我想辦理警務，第一在乎巡士得人；巡士的好歹，完全要看所長的賢不賢。好在你是警界的前輩，平素本有治安的宏願；從此保衛地方，正可以顯出你的本事了。我像駑馬一般，一事不能幹的，只有望着老朋友，心中羨慕而已。特地寫這信賀你，並祝你到任平安！

弟 某某 月 日

賀校舍落成

某某學兄鑒：嶺梅綻蕊，快挹
蘭芬，彈指流光，又屆清明百五。雖相違未久，而相憶殊殷矣。昨遇某君，道
及　貴校學舍，定於某日行落成禮。從此辛勤學子，負笈來歸；美富宮牆，收容
有自。今日之廣廈萬千，可預卜異日之人才輩出也！某心殷藻祝，事阻鳧趨，聊
肅蕪詞，藉伸賀悃，並候
新祺不一。

弟　某某鞠躬　月　日

【註釋】

彈指：喻光陰之速，如指之一彈而過也。

負笈：笈是書箱。學生負之來讀書也。

宮牆：見《論語》。借喻學校之房屋。

廣廈：喻所蔭庇者眾也。杜詩：『安得廣廈千萬間，盡庇天下寒士俱歡顏』。

鳧趨：言如鳧鳥之趨來叩賀也。

【前函語譯】

某某學兄：

自從嶺梅初放的時候會見你後，光陰很快，現在又到了清明了。相離雖沒有多久，然而很是相憶，昨天遇見某君，說及貴校所造的學舍，準於某日舉行落成禮。從此許多學生，都可以由遠道背了書箱來就學；富麗的學舍，足夠收容他們了。將來人才輩出，一定可以預卜的！我很想到貴校來祝賀，無奈被他事所阻，只有寫幾句吉語，聊表我的微意而已。

弟　某某　月　日

賀考取出洋

某某學兄台鑒：憶在津門共硯，相與析疑辨難，卓見恆超儕輩，弟早以大器相期。今果考取出洋，留學歐西，羨甚喜甚！蓋歐西科學，如工科，商科，法律科，政治科，在在有裨於我國。吾兄或進專門，或入普通；總祈學成歸來，造福鄉邦。庶內不負父兄之希望；外不負國家之栽培，是則伏櫪故人，所望風馨祝者也！異鄉風土，珍攝為宜！瑣渺寸衷，藉伸賀悃；並候

旅安不一。

弟　某某鞠躬　月　日

【註釋】

津門：即天津。

儕：音柴，等輩也。

伏櫪：櫪，音力。老驥伏櫪，言人之不出外做事也。

【前函語譯】

某某學兄：

我們同學天津，相互研究學問，你的見識最高，我早已知道你必成大器。如今果然考取出洋了！大概外國的科學，像工科咧，商科咧，法律科咧，政治科咧，學來樣樣可以有補於我們國家。不論你進專門學校，或進普通學校；總望你學成了回來，對國家有所貢獻！這樣，才能內不負父兄的希望；外不負國家的栽培。這是你伏處家鄉的舊友所日夜祝頌的哩！異方的風土，與中國不同，還望你自己珍重為要！

弟 某某 月 日

賀國貨批准專利

某某先生執事：伻來，頒到

大札，欣譜

尊製機器，已蒙部批准，特許專利若干年。足徵製作精良，學識駕公輸而上；運行水陸，瓦特亦不得專美於前矣。景仰之餘，曷勝忻羨！且吾國製造，落人後也久矣，今得我　公出而振作之，大足為吾華吐氣！是以不僅為故人賀，並為我中國前途賀也！肅函布候；並頌

財祺。

弟　某某鞠躬　月　日

【註釋】

公輸：名班，匠人之祖。

瓦特：英人，發明蒸汽機。

吐氣：揚眉吐氣，激昂青雲。見李白文。

【前函語譯】

某某先生：

昨天尊紀遞到大札，才知道你所造的機器，已經得到部中批准，特許專利若干年。足見你的製造很好，學識一定在公輸之上；運行水陸，瓦特也不得專美於前了。我仰慕之下，有說不盡的歡喜！並且我國製造一門，落在人後年代也很久了，現在有你出來振作，大可以替我們中華民國吐一吐氣！所以我不但賀老朋友一人，而且要替我國的前途祝賀哩！

弟　某某　月　日

賀友人生子

某某賢姊惠覽：桂花香裏，得接
蘭緘，開函快誦，知已分娩。積善之家，石麟天降，果如所期將來非苟氏之龍，即薛家之鳳，不必試聽啼聲，而可為預決也。某本擬前來叩賀，祇以作嫁依人，不克如願。謹具首飾數事，聊伴蕪函，不腆之儀，藉申微意而已。此請
儷安不既。

妹　某某鞠躬　月　日

【註釋】

娩：音免。分娩，言婦人生子也。

石麟：天降石麟，稱人之子也。

荀龍：後漢荀爽兄弟八人，具有才名，曰荀氏八龍。

薛鳳：唐薛元敬兄弟三人，稱河東三鳳。

【前函語譯】

某某賢姊：

在桂花香裏接得你的來信，知你已經分娩了。積善的人家，『天降石麟』，果然不出我所料。將來不是像荀氏的龍，就是薛家的鳳，不必試聽他的啼聲，也可以預先決定的。我本想前來賀你，無奈『依人作嫁』，不克如我的私願。祇能備首飾幾種，伴了這封空信，表表我的心意而已。

妹　某某　月　日

慰喪兄

某某先生台鑒：頃展

惠書，驚悉

令兄先生於某日逝世，惋惜殊深！吾　兄友愛性成，猝遭荊樹摧殘，自必異常悲

痛。第

令兄道德學問，久為社會所欽仰，身後一切，更有先生為之護持，九原有知，

當可無憾。尚祈吾　兄達觀自攝，稍節哀思；是則遠道懷人，所不勝盼禱者也。

弟餬口遐方，不克躬親弔奠，至以為歉！附上祭幛輓聯，乞即懸之靈右，藉表哀

忱耳！並請

禮安不備。

弟　某某鞠躬　月　日

【註釋】

荊樹：田氏兄弟。有分紫荊樹故事，故荊樹指兄弟言。

九原：即地下。《禮記》：『吾從先大夫於九原』。

【前函語譯】

某某先生：

方才接到你的信。驚悉令兄於某日去世，聽了很是惋惜！先生兄弟間，是極友愛的，霎時遇這意外事，自然是格外傷心。但是令兄的學問道德，社會上久已欽仰極了，他身後的一切事情，又有你替他照料，他在地下，也可以沒有遺憾。你務必放寬懷抱，自己保重身體；這是遠道舊友所祝望的。我因為餬口他方，不能夠親來弔奠，抱歉得很！附上祭幛一軸，輓聯一副，請你代掛靈前，表表我的哀思罷！

弟　某某　月　日

慰喪妻

某某兄鑒：春初頒到
大札，以為賀年佳話耳。乃開緘一誦，始知
嫂夫人於某日逝世，悲悼之餘，曷勝惶駭！在　足下伉儷情篤，驟抱鼓盆，自必
異常痛憾。第念　嫂夫人目睹芝蘭玉樹，業已挺秀成行，閫範母儀，遐邇早資矜
式，既無憾於生前，即九京亦堪自慰。
足下可達觀自攝，稍節哀思矣。弟一肩行李，僕僕征途，雖芻弔之有心，實梟趨
之多阻，臨風翹企，抱歉奚如！謹具楮儀，藉伸奠悃；並請
近安不既。

弟　某某鞠躬　月　日

【註釋】

伉儷：音抗利，夫婦也。
鼓盆：莊子妻死惠子弔之，莊子方箕踞鼓盆而歌。
芝蘭玉樹：喻佳子弟也。見《晉書・謝安傳》。
矜式：謂敬守其法則也。《孟子》：『使諸大夫國人皆有所矜式』。
九京：與九原同。死者所葬地也。
僕僕：奔走也。

【前函語譯】

某某兄：

因為在年初接到你的信，還當是新年的賀柬，拆開拜讀，才知嫂夫人已在某日去世，很是驚惶悲痛！你們伉儷情深，那悲痛的情形，自不必說了。但是想到嫂夫人，子女長成，言行足式，生前既沒有遺憾。死後也堪自慰。你的哀思，也可以把它擺開了。我終年在外奔走，雖想前來弔唁，卻為路途多阻，實在抱歉得很；只好備一份素禮，聊表祭奠的微意而已！

弟　某某　月　日

慰失官

某某先生大鑒：前具復函，知塵
青睞。昨由　尊紀頒到手書，始悉
先生於升遷之餘，偶因意見差池，遽遭意外。弟扼腕久之！因思皓魄當空，始虧
終復；浮雲蔽日，驟暗漸明。以
足下之才之品，斷非一蹶而不振者；雖鴻翅之偶垂，終鵬飛而有自也。祈耐心
處之！耑此奉慰，並請
台安。諸希
珍衛不一。

某某鞠躬　月　日

【註釋】

塵：呈奉的謙稱。
青睞：青，眼也。睞，音來，去聲。
尊紀：稱人之僕也。
扼腕：籌思無策之貌。
皓魄：月也。
鵬：音朋，大鳥名。鵬飛，喻前程遠大之意。

【前函語譯】

某某先生：

前次復你的信，知道你已經收到。昨天貴僕送到你的信，知你自升官之後，偶然因為意見不合。竟被撤任。我很替你可惜！然而明月在天，初雖有缺，終必復圓；浮雲蔽日，暫時雖暗，終當放光。像你這種才具和品格，斷不是一蹶不振的人；鴻翅雖偶然下垂，鵬飛總歸是不遠的，你還是耐心稍待罷！

某某

月　日

慰落第

某某同學兄鑒：昨展

手書，知投考某校，名落孫山。諺云：文章自古無憑據，何足介懷？且從來大器之成，無一不經多方之磨折也。磨折愈多，精神愈出，即異日之成就亦愈大矣。此校額雖已滿，他校尚在招生，程度出身，均屬相仿，吾　兄曷往試之？東隅雖失，收之桑榆，猶未為晚。速努力，無自餒！手此布臆，即候

文祺。

弟　某某鞠躬　月　日

【註釋】

孫山：考試無名曰落孫山。

東隅：失之東隅，收之桑榆。謂事此敗而彼成也。

餒：膽怯貌。

【前函語譯】

某某學兄：

昨天接到來信，知你投考某校未取。俗語說：『文章自古無憑據。』你何必放在心裏？況且成大器的，沒一個不經歷多方的磨折，磨折越多，精神越出，而將來的成就也越大。這校雖已額滿，別校還在招生，程度出身都差不多，何不再去考一考？失之東隅，可以收之桑榆，還來得及咧。趕速進行，不要自餒！

弟　某某　月　日

慰商店折本

某某先生台鑒：頃晤　貴廠賬友，談及某項貨價大跌，折本頗鉅；　執事因受股東責言，遽萌退志。弟竊期期以為未可！夫勝敗乃兵家常事；競爭為商人天職。捲土重來，再接再厲；一蹶於前，豈不能復振於後耶？帆隨風轉，會當有時。執事寬懷耐守，是所至盼！手此奉慰，不盡欲言；並請

籌安不既。

弟　某某鞠躬　月　日

【註釋】

期期：口吃也。

捲土重來：是敗而收拾餘燼再戰意。

蹶：音厥，僕也。

帆隨風轉：喻做事順手意。

【前函語譯】

某某先生：

恰才會見貴廠賬友，說及某種貨價大跌，虧本很大；你因為受了股東的責備，有不願再幹下去的意思。我卻以為不然！譬如用兵，勝敗是兵家的常事；我們商業場中，競爭也是一種應盡的天職。收拾所有，計算再舉；失利在前，難道不能得利在後嗎？又如舟在水中，走了逆風，一定也有走順風時候。你放心耐守好了！

弟 某某 月 日

慰輪船失事

某某先生閣下：前接
函示，屈指行程，計某日可以抵埠。乃盼望至今，未見一縷飛煙自遠而來，心知有異。昨得急電，果風姨肆虐，益以海中波濤洶湧，致輪進退不得自由，遂擱淺於某灘，貨物均遭漬濕，幸未傷及人命。是猶不幸中之大幸也！好在
貴輪向保水險，損失賠償後，不難重振旗鼓；萬勿以區區挫折，即介介於懷也！
肅函布慰，藉請
旅安不一。

弟　某某鞠躬　月　日

【註釋】

風姨：風神也。

擱：音閣。物被牽掣不動曰擱。

重振旗鼓：喻事之敗壞後振作再做也。

挫折：撓敗之意。

介介：常在心中不快意。

【前函語譯】

某某先生：

前次接到你的信，計算路程，某日定可以抵埠。哪曉得望到如今，連一縷黑煙也不見從水上飛來，心知必有變故。昨天得着急電，果然是遇着颶風，海裏波浪又大，弄得船身不能自由，因此就擱淺在某灘，貨物統統被水浸濕，幸而沒有傷及人命。這總算不幸中的大幸了！好在貴輪向來保有水險，損失賠償之後，儘可以重做生理。望你切勿因小有挫折，便心中長抱不樂才好！

弟　某某　月　日

慰喪子

某某表姊賜覽：昨日返舍，案頭置有吾
姊手書，以為尋常問候耳。乃展誦未畢，驚悉表姪偶攖微疾，遽悼蘭摧！值此
崢嶸頭角之時，而忽遭此玉碎珠沉之慘，情之所至，其何以堪！然處此無可如
何之境，亦祇得抱莊生曠達之觀。況積善之家，必有餘慶；異日之再降石麟，
亦意中事耳。望吾　姊寬懷自玉，勿過悲哀，是所企盼！耑肅，即請
妝安。

妹　某某謹上　月　日

【註釋】

蘭摧：喻人子女之夭折也。

崢嶸頭角：喻出人頭地也。崢嶸，高峻貌。

玉碎珠沉：如玉之碎，如珠之沉。喻死也。

莊生：即莊周。

達觀：不為境遇所困也。

石麟：稱人之子也。

【前函語譯】

某某表姊：

我昨天歸家，看見檯上放着姊姊的信，起初當是平常的問候。不料拆開看時，才知表姪偶患小毛病，竟然夭折了！當這『頭角崢嶸』的時候，忽爾『玉碎珠沉』，骨肉情深，悲痛自然是難堪的。但是遇了這種沒法想的事情，也只好像莊生那樣的曠達。況且像你們是積善的人家，老天一定有報施的；他日再生貴子，也是意中的事。望你寬懷保重些，切勿過於悲痛為要！

妹　某某　月　日

贈土儀

某某姻兄先生文席：君遊燕地，我滯鄉關，兩地睽違，無日不神馳左右也。

比惟

旅祺安吉，為無量頌！弟伏櫪有年，本不作出山之想；祇以室家多累，生計艱難，不得不奔走遐方，藉謀衣食。茲承某君之招，道出津沽。屆時正可晉謁

台階，藉罄積悰。寄上土儀數色，不足言敬。相晤匪遙，恕不縷縷。手肅，

即請

撰安不一。

弟　某某謹啟　月　日

【註釋】

燕：地名，即今河北省。

伏櫪：老馬伏櫪，言無用被廢也。

晉謁：進見之謂。

【前函語譯】

某某先生：

你到河北的時候，我正留滯在家鄉，地方雖然隔得遠，我的想念卻沒一天停止過。料想你在客中，定然安好得很。我像老馬一般，閒在家裏多年，本不想出門幹事；只為着家累很重，生計艱難，不得不奔走到遠方去謀些衣食。現在忽承某君的函招，路上必須經過津沽。到這時候，正可以來拜望你，談一談平日間的心事。相見的日子不遠，先奉上土儀數種，不足說是贈，只好表表我的寸心罷了！

弟　某某　月　日

贈地圖

鄉關舊雨，瀛海同盟，歡敍經年，別離千里，相思諒有同情也。比想
某某先生柳營春暖，
虎帳風清，翹企
鈐轅，曷勝忭頌！某留學東瀛，毫無善狀，惟於彼邦新出圖書，頗喜購置研究。
近由舊書肆中購得新出地圖一幅，於各國之水陸險要，均條分縷析，載之綦詳，
大足為我軍事學家之寶筏。不敢自秘，援寶刀贈將軍之例，呈之
台端，藉供瀏覽。設異日國家有事，不無纖毫之助也。耑肅，順候
崇安不既。

某某鞠躬　月　日

【註釋】

瀛海：即東海。

柳營：漢高祖勞軍細柳營。

虎帳：軍人所住的營幕。

鈐轄：指督署言。

寶筏：是渡人的船。此喻重要工具。

纖毫：喻細也。

【前函語譯】

你我是家鄉的舊友，在東洋歡敘了一年，別後就相隔千里，哪能不彼此相念呢？近來想起你在營裏，定如春風一樣和暖，一切都很順利。我仍舊在日本留學，沒有一點兒好現狀，只有日本圖書，很歡喜買來研究。新近從舊書店中買得新近出版的一幅地圖，對於各國的水陸險要等等，載得很是詳細，大可以供我國軍事學家的研究。我不敢私自秘藏，援『寶刀贈將軍』的例送給你，望你在閒暇的時候研究研究。將來國家有事，一定有些用處的。

某某　月　日

贈教科書

某某先生台鑒：不奉
教言，瞬經匝月，暮雲春樹，企望為勞！日前某君來申，道及
先生近辦一半日學校；凡貧寒子弟，無論工商各界，均可入校肄業，半日讀書，
半日謀生。法良意美，莫愈於斯！而
先生嘉惠桑梓，與體惜貧苦之熱忱，楮墨難宣矣！佩甚感甚！某近購得中華書局
新出版教科書若干種，於高初程度，均屬相當。
貴校如合於採用，某擬捐贈若干，為涓埃之助，當亦熱心教育者所樂許也！手此，
肅請
教安。

弟　某某鞠躬　月　日

【註釋】

匝月：一月也。

暮雲春樹：古詩：『渭北春天樹，江東日暮雲。』言見了雲樹，即思念親友之意。

肄業：即習業。言讀書也。

桑梓：言家鄉也。《詩經》：『維桑與梓，必恭敬止。』

楮墨：即紙墨。

涓埃：極言微末之意。

【前函語譯】

某某先生：

不奉到你的訓話，已經有了一月。見到晚來的雲，和春天的樹，能夠不想起你麼？前天某友到上海來，說你近來辦一所半日學校，學生可以半日讀書，半日謀生。這種辦法和用意再好也沒有了！你替家鄉的兒童造福，和體惜貧苦的熱心，真叫人說不盡的感激和佩服！我近來買得中華書局出版的教科書許多種，對於初高小學的程度，都很適用。貴校如若合用，我想捐助若干部。像你這樣熱心教育的人，應該是贊成我的！

弟　某某

月　日

贈入場券

某某先生足下：昨承
枉顧，失迎為歉。遹維
起居佳勝，動定咸宜，以欣為頌！弟羈身校務，碌碌如恆。月之某日，敝校擬開
成績展覽會，以表示年來學績；所有陳列各品，業已部署就緒，歡迎各界參觀。
茲附上入場券數十紙，乞分贈各同志。屆時望惠然
貴臨，指示一切，不勝銘感！耑肅，即請
教安。

弟　某某鞠躬　月　日

【註釋】

枉顧：枉，屈也。顧，視也。

羈身：是絆住身體。

部署：猶言布置。

【前函語譯】

某某先生：

昨天勞你屈駕來看我，我恰巧不在家，抱歉得很。想你的起居動定，一定安好。我身子給校務絆住，忙忙碌碌，仍同從前一樣。這月的某日，敝校准開成績展覽會，表示一年來的成績；內部分的陳列，現已布置妥當，歡迎各界來參觀。現在先送上入場券數十張，請你分送各同志。到那時候還望你們光臨，指教一切，敝校是很感激的。

弟 某某 月 日

贈抽水機

某某先生閣下：憶自邗江判袂，裘葛屢更。惓念故人，能無悵悵！某蟄居鄉里，以耕讀自娛，研究農學，粗有心得；故於改良種植及防禦水旱等法，已略有所提倡。近日又發明抽水機一種，試之頗著成效，不敢自秘，因製就全部，併說明書一通奉贈，俾作水澇天旱之一助。當亦大君子所樂為採用也。耑肅，祇請台綏；並希賜復為盼。

弟　某某鞠躬　月　日

【註釋】

抽水機：即田家之取水器。

澇：音勞，積水也。又與潦同。

【前函語譯】

某某先生：

回想我和你在揚州分別，已經有幾年了。想起舊友，能不悵然若失？我終年伏居鄉里，把耕讀兩種事做消遣，研究農學，略微有些心得；所以對於改良種植，和防禦水旱的方法，已經略有所提倡。近來又發明一種抽水機，試驗了倒也很有效用，因此製好壹部，併說明書一份，奉送與你，做個預防水旱的助力。想你老人家，一定喜歡採用的！望你收到後給我一個回信。

弟　某某　月　日

贈自由布

某某先生足下：握別登程，瞬經半載。暮雲春樹，企望良殷！比維
駿業日新，鴻圖聿展，慰如私頌。某寄跡闤闠，毫無善狀。邇因受某實業社之聘，
承乏營業各部。該社所出之自由布，經久耐用，頗為社會所歡迎；奉贈一疋。
望試用之，俾知我國國貨亦有駕舶來品而上之者。亦提倡國貨之一端也。戔戔
微物，聊伴蕪函，務乞
哂存；並頌
台綏。

弟 某某鞠躬 月 日

【註釋】

握別：是握了手分別。

駿業：即大業。

鴻圖：即謀幹大事之意。

闤闠：即市場。

戔戔：與區區同，言其少也。

哂：微笑也。

【前函語譯】

某某先生：

你我握手分別，一瞥又是半年了。『暮雲春樹』，無日不在想念中！想到你的事業發展，計劃闊大，一定如我所祝頌！我在生意場中，實在沒有甚麼好處可以告訴你。近來受了某實業社的聘請，就在營業部辦事，社內新出一種自由布，很是經久耐用，頗受社會上的歡迎；因此送你一疋。試用之後，方知我中國的物品，也有超出洋貨以上的。也是提倡國貨的一法啊！這一點兒薄物，是伴伴空信的。請你賞收了罷！

弟　某某　月　日

贈蠶種

某某賢姊惠覽：客冬話別，彈指新春，柳綠桃紅，又屆清明令節矣。比想侍祺安燕，儷祉嘉羊，慰如心頌！妹蟄處家園，無所事事。昨膺 家慈之命，入蠶桑學校肄業，因得良好蠶種若干紙。據云：食葉不多，而造繭甚佳；飼育亦較我國舊種為易。分贈數紙，藉作改良蠶業之先導。亦未始非我國實業前途福也。專函奉贈，並請

妝安。

妹 某某上言

月 日

【註釋】

彈指：謂時光之速也。

侍祺：祺，吉也。侍祺，是指事父母翁姑言。

燕：與宴通，安也。

儷祉：儷，偶也。祉，福也。儷祉，指夫婦而言。

羊：作祥字解。

蟄：言伏也。

膺：受也。

【前函語譯】

某某賢姊：

我們自去冬一別，沒有多時，又到了柳綠桃紅的清明時節了。想你庭幃伉儷間，安好和平，定然合我的祝頌！我住在家裏，沒有甚麼事情。昨天承母親的命令，叫我到蠶桑學校裏去讀書，因此得着好蠶種若干紙；據說：喫葉不多，做繭很好，而且比我國的舊蠶種好養。現在分幾張送給你，做個我國改良蠶事的先導。這未始不是我中國實業前途的幸福啊！

妹　某某　月　日

謝贈竹刻

某某先生足下：伻來，賫到

手札，剖而閱之，藉悉

文旆新由之江言旋；並承　惠該省竹刻兩方，雕琢工緻，刮磨光澤，的是文房雅

玩。從茲四寶中，又添得一高古雅潔之點綴，此非

先生所賜歟？拜領之餘，曷勝雀躍！特此鳴謝，順頌

潭祺。

弟　某某拜手　月　日

【註釋】

伻：音烹，僕也。

賫：音躋，捧至也。

之江：即浙江。

雀躍：欣喜貌。

【前函語譯】

某某先生：

貴使帶了你的信來，才曉得你新從浙江回府。承情送我兩方竹刻，雕琢很精緻，刮磨很光潔，的確是文房中的佳品。從此紙墨筆硯之中，又添得一種高古雅潔的點綴品了，這不是先生的恩惠嗎？拜領了你的賞賜，心中很是歡喜，所以特地寫信道謝。

弟　某某　月　日

謝贈國語留聲機片

某某先生執事：久未通函，正思
風采，朵雲適至，快我心期。並承
賜國語留聲機片一套，開鍵放音，語語清晰，不啻坐我於春風中。課餘之暇，
按時練習，數月來頗有心得。誠機械式之良教師，求學者之終南徑也。感激之
餘，愧無以報！肅函布臆，並達謝忱。此請
文安不宣。

弟　某某叩上　月　日

【註釋】

風采：顏面也。

朵雲：指信言。

終南徑：《唐書·盧藏用傳》：司馬承禎嘗召至闕下，將還山，藏用指終南山曰：『此中大有佳處。』承禎徐曰：『以僕視之，仕宦之捷徑耳。』言借隱居為名，以致仕宦也。

【前函語譯】

某某先生：

長久沒有通信了。正在想念之中，恰巧你的信來，真合着我的希望。並承你送我國語留聲機片一套，開了關鍵，放出音來，語語清楚，好像坐在教室中聽講一樣。課外沒事，規定鐘點練習，幾個月來，很得到些益處。這眞是機械式的良教師，求學的捷徑哪！心中感激不盡，但沒有甚麼報答你，慚愧得很，所以寫這封信來謝謝你。

弟　某某　月　日

謝贈布

某某先生台鑒：頃奉
惠書，知　足下委身實業界，為國家挽利權，為人民謀生計，熱心毅力，欽佩莫
名！承　賜某某布數疋，花樣翻新，質地堅厚，夙為社會所歡迎。弟已雇得縫工
到家裁製。藉茲仁人所賜，得免賤體之寒，服以拜嘉，須俟異日。先肅蕪詞，
以伸謝悃；並請
籌安。

弟　某某拜啟　月　日

【註釋】

服以拜嘉：《曲禮》：『賜衣服者，服以拜嘉』。

【前函語譯】

某某先生：

剛才接到你的信，知你投身實業界，為國家挽回利權，為人民籌劃生計，熱心毅力，欽佩得很！並承你送我某種布數疋，花樣很新，質地極厚，早為社會上所歡迎。我已僱得成衣工到家裏裁製。靠了你的厚賜，賤體得以免除寒冷，將來一定要穿了來拜謝你。現在寫給你這信，先表表我的謝忱。

弟　某某　月　日

謝贈衣料

某某賢姊惠覽：前某媽來，頒到
華函，情意纏綿，詞極懇至；雖風雨聯牀，無茲親密也。欣慰何似！並承　惠自
由布數端，質純而厚，經久耐用，已為小兒女各製衫褲一襲。尚餘一端，妹擬轉
贈某姊，藉作投桃之報。至下月某日　尊府開湯餅喜筵，定率小兒女前來叩賀，
並令服以拜　嘉矣。先此鳴謝，
敬頌
奩綏。

妹 歸某某郡某氏手啟　月　日

【註釋】

纏：音廛。纏綿，周密意。

懇至：誠悃也。

風雨：古詩：『最難風雨故人來。』

聯牀：聯牀共話，言朋友相愛意。

投桃：謂朋友間之贈答也。《詩經》：『投我以木桃，報之以瓊瑤。』

【前函語譯】

某某賢姊：

前由某媽送到你的信，情意周密，語語誠懇；就是風雨聯牀，還沒有這樣親熱。真欣慰得很！還承你送給我幾疋自由布，我已替小兒女們做了衫褲各一身。還剩一疋，我想轉送某某姊，報答她前次的人情。到下月某日，尊府開湯餅喜筵，我一定帶了小兒女前來道喜，並且叫他們着了新衣服來拜謝你的厚賜。

妹 某某 月 日

附錄一　稱謂錄

（一）家族

一、祖父母　稱父之父曰祖父。父之母曰祖母。自稱曰孫男。稱人曰令祖父、令祖母。自稱於人曰家祖父、家祖母。已歿則稱先祖父、先祖母。或稱先王父、先王母。

二、父母　稱父曰父親。母曰母親。自稱曰男。稱人曰令尊、令堂。自稱於人曰家父、家母、家嚴、家慈。已歿則曰先父、先母。或稱先嚴、先慈。

三、伯叔　稱父之兄曰伯父。父之弟曰叔父。伯叔之妻曰伯母、叔母。自稱曰姪。稱人曰令伯、令叔。自稱於人曰家伯、家叔。已歿則稱先伯、先叔。

四、兄弟　對弟自稱曰兄。對兄自稱曰弟。稱人曰令兄、令弟；兄弟並稱曰賢昆仲。自稱於人曰家兄、舍弟。已歿稱先兄、亡弟。

五、姊妹　對妹自稱曰兄。對姊自稱曰弟。稱人曰令姊、令妹。自稱於人曰家姊、舍妹。已歿則稱先姊、亡妹。

六、夫妻　夫稱妻曰賢妻。自稱曰夫。妻稱夫曰夫君、曰夫子。自稱曰室人。稱人妻曰嫂夫人、尊夫人。稱人夫曰令夫君。對人自稱其妻曰內子、內人、拙荊。對人自稱其夫曰外子、拙夫。

七、子女　稱子曰吾兒。女曰吾女。自稱曰父。稱人子曰令郎，女曰令愛。自稱於人曰小兒、小女。

八、媳　稱媳曰賢媳。自稱曰愚。稱人曰令媳。自稱於人曰小媳。

九、姪　稱姪曰吾姪。自稱曰伯或叔。稱人曰令姪、令阮。自稱於人曰舍姪。

一〇、孫　稱孫曰吾孫。自稱曰祖。稱人曰令孫。自稱於人曰小孫。

（二）親戚

一、姑母　稱父之姊妹曰姑母。姑母之夫曰姑丈。自稱曰內姪。稱人曰令姑丈、令姑母。自稱於人曰家姑丈、家姑母。

二、外祖父母　稱母之父母曰外祖父、外祖母。自稱曰外孫。稱人曰令外祖、令外祖母。自稱於人曰家外祖、家外祖母。

三、舅父母　稱母之兄弟曰舅父，其妻曰舅母。自稱曰甥。稱人曰令母舅、令舅母。自稱於人曰家母舅、家舅母。

四、姨丈母　稱母之姊妹曰姨母。其夫曰姨丈。自稱曰姨甥。稱人曰令姨丈、令姨母。自稱於人曰家姨丈、家姨母。

五、表伯叔　稱父母之表兄弟曰表伯、表叔。自稱曰表姪。稱人曰令表伯、令表叔。自稱於人曰家表伯、家表叔。

六、岳父母　稱妻之父母曰岳父、岳母。或稱外舅、外姑。自稱曰子婿。稱人曰令岳、令岳母。自稱於人曰家岳、家岳母。

七、婿　稱婿曰賢婿、賢倩。自稱曰愚。稱人曰令坦、令倩。自稱於人曰小婿。

八、親家　稱子媳與女婿之父曰親翁。其母曰親母，或稱親家太太。對親翁自稱曰姻愚弟。對親母自稱姻侍生。稱人曰令親翁、令親母。自稱於人曰敝親翁、敝親母。

九、姻伯叔　凡關於戚黨之長輩，而無確定之稱謂，概稱曰姻伯、姻叔。稱其妻曰姻伯母、姻嬸。自稱曰姻愚姪。稱人曰令親。自稱於人曰舍親。

一〇、姊妹丈　稱姊妹之夫曰姊丈、妹丈。自稱曰內弟、內兄。稱人曰令姊丈、令妹丈。自稱於人曰家姊丈、家妹丈。

一一、表兄弟　凡稱姑母、舅父、姨母之子皆曰表兄弟。自稱曰表弟、表兄，稱人曰令表兄、令表弟。自稱於人曰敝表兄、敝表弟。

一二、襟兄　妻之姊妹曰姨。稱其夫曰襟兄。自稱曰姻愚弟。稱人曰令僚婿。自稱於人曰敝連襟。

一三、內兄弟　稱妻之兄弟曰內兄、內弟。自稱曰愚姊婿、愚妹婿。稱人曰令內兄、令內弟。

一四、表姪　　稱表親之晚輩曰賢表姪。自稱曰愚。稱人曰令表姪。自稱於人曰敝表姪。
自稱於人曰敝內兄、敝內弟。

一五、內姪　　稱妻兄弟之子曰賢內姪、賢內阮。自稱曰愚。稱人曰令親。自稱於人曰舍親。

(三) 師友

一、師長　　稱教師曰夫子、吾師。自稱曰受業、門人、學生。稱人曰令師。自稱於人曰敝業師。對於師之妻稱曰師母。自稱曰學生。師之父母稱曰太夫子、太師母。自稱曰門下晚學生。

二、學生　　稱學生曰賢弟、賢契。自稱曰愚。稱人曰高徒、令高足。自稱於人曰敝徒、小徒。

三、老伯叔　　稱父之友曰老伯、老叔。自稱曰愚姪。與祖同輩行則稱太老伯。其妻曰太老伯母。自稱曰愚再姪。

四、世伯叔　　稱有世誼之長輩曰世伯、世叔。自稱曰世愚姪。其長兩輩者則稱太世伯、太世叔。自稱曰世再姪。

五、世姪　　稱世交之子姪曰賢世講、賢世臺。自稱曰愚。

六、先生　　稱普通之年齡較尊者曰先生。自稱曰晚生、後學。

七、仁兄　稱平輩之交曰仁兄。自稱曰愚弟。如係同學，則稱學兄。自稱曰同學弟。

八、譜兄弟　稱換帖之友曰譜兄、譜弟。自稱曰如兄、如弟。

（四）僕人

一、僕　稱人之男僕曰尊紀、貴僕、紀綱。自稱於人曰小價、小伻。

二、女僕　稱人之女僕曰貴女僕、尊嫗。自稱於人曰敝女僕。

三、婢　稱人之婢曰尊婢。自稱於人曰小婢。

附錄二　套語錄

(一) 書奉語

膝下　膝前(以上用於父母)

尊前　左右　侍右　鈞鑒　鈞覽　賜鑒　鈞察(以上用於尊長)

閣下　足下　大鑒　偉鑒　台鑒　台覽　惠鑒　青鑒　青及　青睞　執事(以上用於同輩)

如見　如晤　如握　如面(以上用於相知)

函丈(用於業師)

節下　座下(以上用於政界)

麾下(用於軍界)

妝次　奩次　芳鑒　懿鑒(以上用於女界)

收覽　收閱　知悉　覽悉　入覽(以上用於卑幼)

禮次　苫次(以上用於守制)

（二）啟事語

敬稟者（用於尊長）　敬肅者（用於官長）　敬啟者（用於平等）　徑啟者（直達之詞）

茲啟者（用於便函）　茲懇者（有事相懇）　茲託者（有事相託）　敬覆者（用於答覆）

哀啟者（用於訃告）

（三）恭維語

恭維　敬維　即維　辰維　近維　邇維　比維　欣維　緬維　就維　伏維　仰維　遙想　敬譾　藉諗　欣悉　藉悉

敬悉　得悉　就譾

（四）接緘語

鈞諭　鈞函　賜函　朵雲　手教　手諭　手示（以上用於尊長）

嚴諭　慈諭（以上用於父母）

琅函　雲箋　手札　芝函　華翰（以上用於平輩）

來稟　來函　稟函（以上用於卑幼）

（五）頌慰語

為頌為慰　為無量頌　至以為頌　至以為慰　慰如所祝　曷勝忭頌　莫名頌禱

曷罄禱私　定符私頌　深愜頌忱　式符下頌　定符忭祝　忭禱奚如　既頌且慰

（六）思慕語

時切下懷　不勝孺慕　曷勝依戀　懷思曷既（以上用於尊長）

時深馳系　渴念殊深　時切遐思　良殷葭溯　寸心縈結　倍切葵傾（以上用於平輩）

我甚切念　終日懸念（以上用於卑幼）

（七）離別語

叩別慈顏　拜別尊前　久違鈞誨（以上用於尊長）

久違雅教　遠隔光儀　自違清誨　睽隔音塵（以上用於平輩）

別後信宿　別後旬日　奉別兼旬　違教半月　別僅匝月（以上用於暫別）

許久未晤　闊別半載　睽違數載（以上用於久別）

（八）接見語

慈顏　鈞顏（以上用於尊長）

丰標　芝標　丰采　芝宇　芝範（以上用於平輩）

芳儀　蘭儀　壼範　懿範（以上用於婦女）

（九）承顧語

賁臨　賜顧　惠顧　枉顧　光臨　駕臨　光降　移玉（以上朋友通用）

台從　文旌　文旆（以上用於文人）

鸞輿　魚軒（以上用於婦女）

（一〇）拜謁語

台端　台階　崇階　華堂　貴府　尊潭　台墀

（一一）託庇語

大廈　仁宇　帲幪　蔭庇　慈宇　樾蔭　仁帲

（一二）求恕語

鑒原 鑒諒 原諒 原宥 曲恕 曲原 恕罪

（一三）拜託語

吹噓 鼎言 汲引 鼎力 說項 玉成 照拂

（一四）允諾語

金諾 俯允 慨允 季諾 俞允 台允 允諾

（一五）臨書語

臨稟悚惶 臨風依戀 臨池翹企（以上用於尊長）

臨穎依依 臨池瞻溯 臨楮神馳（以上用於平輩）

臨池欣羡 臨箋雀躍 臨穎歡忭（以上用於喜事）

臨池愴切 臨書哀切（以上用於喪事）

（一六）奉布語

專此上達　肅此敬稟　肅此叩稟　專此上稟　肅此上陳　肅此謹稟　專肅謹稟（以上用於尊長）
專此奉布　專此布達　手此布臆（以上用於平輩）
專此奉懇　專此奉託（以上用於懇託）
專此布復（用於復函）

（一七）請安語

近福　崇安　福安（以上用於尊長）
近祺　日祉　近安　起居　安祉　台安（以上用於平輩）
懿安　壼安　奩安　坤祺　慈安（以上用於婦女）
春安　春祺　夏安　暑祺　秋安　秋祺　冬安　冬祺（以上按切時令）
勛安　勛祺　鈞綏　鈞安　崇安（以上用於官長）
籌安　籌祺　財安　財祺（以上用於商界）
文祺　吟安　撰祉　箸安（以上用於文人）
旅安　旅祺　旅佳　羈安（以上用於客旅）
孝履　禮安　素安（以上用於守制）

日禧　早安　午安　晚安（以上用於即日）
年禧　新禧　新祉　新祺（以上用於賀年）
節禧　節祺　節祉（以上用於賀節）

（一八）按尾語

不宣　不一　不盡　不既　不悉　不莊　不戬　不戢　不備　不具

（一九）具名語

跪稟（用於父母）
叩稟　謹稟　叩上　謹上（以上用於尊長）
敬啟　手啟　拜手　頓首　上言　拜上（以上用於平輩）
此諭　此示　此字　此白（以上用於卑幼）

（二〇）補述語

再稟者　又稟者（以上用於尊長）
再啟者　又啟者（以上用於平輩）